Y.A
10
八男？
別鬧了！
Kadokawa Fantastic Novels

布蘭塔克
威德林
阿姆斯壯
伊娜
艾莉絲
泰蕾絲

紐倫貝爾格
塔蘭托
艾弗烈
薇爾瑪
艾爾文
遙
卡特琳娜
露易絲

「殿下，我絕對不可能和您打情罵俏。」
「啊哈哈，艾梅拉真容易害羞。」
馬克
彼得
艾梅拉

10

八男？別鬧了！

Y.A

Kadokawa Fantastic Novels

彩頁、內文插圖／藤ちょこ

CONTENTS

八男？別鬧了！⑩

第一話　開始南進，沒派頭反而比較受歡迎

「呼……這比想像中還累呢。看來我真的是上了年紀。」

「在下也好累。」

「我覺得導師看起來還遊刃有餘。」

我們每天早上都會進行魔法特訓。

今天的訓練內容偏向實戰。一起訓練的布蘭塔克先生大口喘氣，導師也滿身大汗，而我的狀況也差不多。雖然我平常訓練時也很認真，但現在更是必須全力以赴。畢竟我們現在得打倒突然復活的師傅，艾弗烈・雷福德才行。

師傅一個人就擊敗了我們三個人。雖然他使用了古代魔法文明時代的遺物，但那不過只是道具。這場特訓十分嚴格，但除了導師以外，就連布蘭塔克先生也一起參加了。這是因為師傅曾經是布蘭塔克先生的弟子，被過去的弟子輕視，讓布蘭塔克先生身為魔法師的自尊心大為受損。

「若想打倒艾弗，那麼最好的方法就是全力訓練讓自己變強。因為根本就不存在能輕鬆打倒他的方法。」

布蘭塔克先生用手帕擦汗，喝著瑪黛茶對我和導師說明。

「難道師傅就沒有什麼弱點嗎？應該沒有吧……」

師傅的可怕之處，在於他擅長化解對手的攻擊再加以反擊。

無論導師的攻擊力再怎麼強，只要打不中就沒意義。這點我也一樣。

即使擁有比師傅還強的魔力，還是一點都派不上用場。

「話說雖然我們初戰就陷入苦戰，但他犯下了一個失誤。」

「失誤？」

我倒是不覺得師傅有犯下什麼失誤……

「他沒在那一戰中確實收拾掉我們。我們也不是笨蛋。這樣就能擬定對策。」

之前那種能夠貫穿「魔法障壁」的攻擊，可以透過在察覺到的瞬間強化「魔法障壁」來對抗。

我們三人正在進行這種特訓。

這招非常有效。我們的成功率也逐漸提升。

反之，這種攻擊方式只需要擊破敵人「魔法障壁」的一部分，能有效節省魔力。我在與師傅戰鬥時掌握到訣竅，並成功用這招打倒了之後前來挑戰的魔法師。

「嗯——這表示艾弗烈沒預料到鮑麥斯特伯爵會藉由燒毀軍糧，來逼反叛軍撤退嗎？」

「畢竟艾弗復活時使用的身體，是屬於紐倫貝爾格公爵豢養的那個叫塔蘭托的魔法師啊。」

雖然講豢養有點難聽，但用在那種會愚弄死者的敵人身上就沒什麼問題。

「因為握有主導權的人不是師傅，是出借身體的塔蘭托啊。」

若師傅當時沒有停手，或許我們早就都陣亡了，但在大部分的軍糧都被燒毀後，塔蘭托無法違抗反叛軍的撤退命令。

師傅的弱點，就是他必須顧慮塔蘭托和紐倫貝爾格公爵。

「話說那個魔法到底是怎麼回事？」

「目前只知道那是能讓死者附在自己身上的聖魔法。」

「這方面的魔法，問艾莉絲應該會比較清楚！」

我們聽從導師的意見去找艾莉絲，發現她正在和其他妻子一起準備早餐。

「威爾，特訓結束了嗎？」

「雖然目標訂得很高，但也不能太勉強自己。」

「說得也是，畢竟修行不是一蹴可幾。威爾，先把汗擦乾淨。」

我找了個位子坐下，讓伊娜幫我擦汗，露易絲和薇爾瑪也開始將早餐擺到桌上。

「咦？艾爾呢？」

「他和威爾一樣，一大早就和遙小姐去特訓了，應該馬上就回來了。」

「夫妻一起訓練啊。」

「他們還不是夫妻吧。」

「實際上已經跟夫妻差不多了。」

薇爾瑪說得沒錯。那兩個人現在整天黏在一起。

「我回來啦。」

「我們回來了。」

艾爾和遙也回來後，我們開始享用早餐。雖然解放軍也有幫我們準備餐點，但我實在無法喜歡軍人那種只重視分量的餐點。

我們原本就被當成傭兵看待，就算自己準備餐點也沒人能說什麼。有些討厭每天都吃一樣東西的貴族，也會自己準備餐點，所以我們現在也是讓艾莉絲她們煮飯。

「關於那個魔法。」

我邊吃飯，邊拜託艾莉絲說明塔蘭托使用的魔法。

畢竟我從來沒聽過有人能讓死者附身在自己身上。

「那位叫塔蘭托的人，絕對是使用了聖魔法。」

「那果然是聖魔法啊……」

其他系統的魔法，的確無法說明這種現象。

「雖然罕見，但也有人能透過魔法替天國的死者傳話。」

替死者傳話？像日本恐山的靈媒那樣嗎？

「我從來沒聽過呢。」

「因為教會希望人們盡可能不要使用這種魔法。」
不論是召喚已經升天的死者，還是讓生者依賴死者都不是件好事。
所以教會討厭這類型的魔法。
「好像還有江湖術士專門用這招騙人。明明不會使用魔法，卻說能聽見死者的聲音，並藉此收取高額的謝禮。」
「是的……不如說這種人還比較多。」
教會應該也不忍坐視信徒被冒牌靈媒欺騙吧。
因為這會害他們的捐款減少。
「那個人是難得一見的正牌魔法師。」
既然說是難得一見……表示與其說「這種人還比較多」，不如說幾乎都是冒牌貨。
「那算是能聽見死者聲音的魔法的進階版嗎？」
「是的，舅舅。」
不只能夠傳達死者的話語，還能讓靈體降臨這個世界，艾莉絲也覺得這樣的魔法非常特殊。
「至於那個人的存在感為何如此稀薄，問露易絲小姐應該會比較清楚吧？」
「艾莉絲，那和利用武術消除氣息不太一樣吧？」
「不，基本上應該一樣。」
「露易絲，他有刻意消除自己的氣息嗎？」

「嗯——感覺應該不是刻意為之。」

「那當然，如果能夠自由切換，就不會所有人都不記得他了。」

我們一致點頭贊同布蘭塔克先生的意見。

「他可能是和我一樣。」

「和薇爾瑪小姐一樣？」

因為無法理解薇爾瑪和塔蘭托哪裡相似，卡特琳娜困惑地問道。

「我的英雄症候群，讓我無時無刻都力大無窮。不過相對地就算什麼都不做，也會一點一點地消耗魔力，讓肚子變得很餓。」

薇爾瑪邊說邊替比自己的臉還大的麵包塗上大量奶油，並開始享用。

「原來如此。」

遙率先對薇爾瑪簡潔的說明做出回應。

她的眼前擺著飯糰、味噌湯、烤魚和醬菜，是瑞穗人的經典早餐。

「遙小姐，那是什麼意思？」

吃著和遙相同早餐的艾爾，拜託她進一步說明。

「薇爾瑪小姐的狀況，就像是無時無刻都在使用『怪力』的魔法。那個叫塔蘭托的人，或許也類似一直在使用消除氣息的魔法。」

因為無法自行解除，所以才會一直缺乏存在感啊。儘管從小就一直消除存在感，但並不表示周圍的人看不見他，只是不引人注目而已。結果就是雖然有塔蘭托這個人，但難以讓人留下印象。

「這和之前那個魔法有關係嗎？雖然沒有存在感，和讓死者附身在自己身上是兩回事。」

「不，艾爾先生。其實那對轉達死者意思的『通靈』魔法來說，是很重要的特質。」

「是指存在感愈稀薄，死者就愈容易借用那副身軀來表達意思嗎？」

「大概就是這種感覺。」

根據艾莉絲的說法，真正能使用「通靈」魔法的人，外表大多樸素又不起眼。

「（是最不適合導師的魔法呢。）」

「（嗯……）」

艾爾說得沒錯，全身充滿存在感的導師，不可能有辦法使用「通靈」。

應該說連幽靈都不會想靠近。

「不僅擁有會自動以魔法消除存在感的體質，還剛好具備『通靈』的才能，所以別說是重現死者的言行，就連死者的身體都能召喚出來啊。」

「大致就像伊娜小姐說的那樣。」

雖說是偶然，但真是個棘手的敵人。

「也很適合當間諜呢。」

「就是啊。執行暗殺時應該很輕鬆吧……」

「「「「「「……」」」」」」

我們所有人一聽見卡特琳娜和布蘭塔克先生的對話，就瞬間陷入沉默。

紐倫貝爾格公爵為什麼要隱藏塔蘭托的存在？

塔蘭托原本就不像之前的笨蛋四兄弟那樣，是能廣為宣傳的魔法師，所以紐倫貝爾格公爵才將他隱藏起來當成關鍵時刻的王牌吧。若塔蘭托的存在曝光，當權者或許會因為害怕被暗殺而提高警戒，反過來講，假設讓他祕密行動，成功率應該會很高。

「前皇帝威廉十四世的死因該不會……」

「但我聽說是因為心臟病。」

「也有毒藥能引發類似的症狀。」

「威爾大人，保險起見，還是提醒泰蕾絲大人多加小心吧？」

「說得也是。」

雖然沒有證據顯示前皇帝陛下是遭人暗殺，但萬一泰蕾絲在這時死掉，事情會變得很麻煩。

吃完早餐後，我去找泰蕾絲簡單報告一下早餐時的對話。

「皇帝陛下嗎……雖然本宮不太願意相信是那樣……但還是加強警戒吧。話說回來……」

「嗯？怎麼了？」

泰蕾絲一開始明明露出凝重的表情，之後卻突然變得滿臉笑容，讓我嚇了一跳。

「到頭來，威德林還是非常擔心本宮呢。放心吧，在生下你的孩子之前，本宮都會活得好好的。」

「這根本是兩回事吧……」
我之所以擔心她，只是基於公務上的理由。
「不如現在就立刻和本宮……」
「哇！總司令！」
泰蕾絲原本想抱住我，但露易絲突然插入我們之間阻止了她。
「泰蕾絲大人，您的警備太鬆散了。」
「可惡，本宮明明就有加強警備……」
被露易絲孤身入侵到這麼近的地方，讓泰蕾絲露出悔恨的表情。
「泰蕾絲大人，請您努力打造一個更加嚴密的警備體系吧。那麼，我和威爾就先告辭了。」
我和露易絲手牽手走出大本營的帳篷，泰蕾絲只能咬牙切齒地目送我們離開。

＊　＊　＊

「非常抱歉。之前會戰敗都是我的責任。」
「不，該負責的人是我。塔蘭托無須在意。」
出乎意料地吃了敗仗。
儘管有依靠古代魔法文明時代的魔法道具的力量，塔蘭托還是成功壓制了鮑麥斯特伯爵、布蘭塔克和阿姆斯壯導師，但沒想到他們之後居然會想出燒掉我軍軍糧的戰法……

我本來以為鮑麥斯特伯爵是個只有魔法可取的男人，看來我真的太小看他了。

沒想到他居然會瞄準我軍的糧草。

即使當時順利打倒鮑麥斯特伯爵等人，泰蕾絲的軍隊依然毫髮無傷。敵軍在索畢特大荒地建立的野戰陣地比預期的還要堅固，若花太多時間進攻，我軍可能會因為軍糧耗盡而潰散。身為軍隊的領導者，讓士兵餓肚子可說是最低級的失敗。

就算想調度當地的物資，索畢特大荒地周圍也幾乎無人居住，不可能湊齊需要的分量。既然如此，乾脆地撤退才是最好的選擇。

「塔蘭托，我想和那個男人談話。」

「遵命。」

那個男人，是指將鮑麥斯特伯爵等人逼入絕境的高強魔法師，艾弗烈．雷福德。不用我詳細說明，塔蘭托就理解我的意思，並透過「英靈召喚」把他叫出來了。

「哎呀，這不是喜歡胡亂使喚死者的紐倫貝爾格公爵嗎？」

這個男人比我想像的還要優秀，但並未完全服從於我。

塔蘭托似乎也是費了一番工夫，才能讓他乖乖聽話。

「死者應該不會累吧？」

「雖然不會感到疲勞，但靈體就像是魔力的聚合體，而且還不會隨著時間恢復。」

「所以你才放鮑麥斯特伯爵他們逃走嗎？」

「這話可真奇怪。明明是紐倫貝爾格公爵大人自己不小心讓糧草被燒掉，我只是忠實地遵從撤退命令而已。還是說我應該留在那裡，給他們致命的一擊呢？」

看來這個男人完全不打算服從我。如果當時讓塔蘭托繼續攻擊，確實有可能擊倒鮑麥斯特伯爵等人，但泰蕾絲不可能放過體力耗盡的塔蘭托。她一定會派出所有魔法師誅殺塔蘭托。

塔蘭托在之前的戰鬥中，成功將那三名王國的魔法師逼入絕境，所以應該有很多人認為我軍占了優勢，但實際上我軍不僅沒攻下那個野戰陣地，還付出了比想像中還要多的犧牲，甚至連糧草都被燒掉大半。幾名負責看守糧草的魔法師，還因此丟了性命。

他們全都是中級水準的魔法師，明明是為了加強糧草的戒備才派他們駐守在那裡……結果反而成了敗筆。

看來我想的還是太天真了。必須預防鮑麥斯特伯爵他們再次對我軍的糧草發動攻擊。

可是這樣就必須派上級魔法師去看守糧草，能上前線的上級魔法師也會因此變少。

「不過威爾真是厲害，居然能立即想出燒毀糧草的作戰。」

「看見弟子有所成長，讓你覺得很高興嗎？」

「是的，因為我是他的師傅啊。」

這個男人回答時不僅看起來很開心，而且還毫不猶豫。不難想像塔蘭托光是為了讓這傢伙好好戰鬥，就耗費了多少苦心。

雖然優秀，但難以駕馭。

「你下次應該能贏吧？」

「誰知道呢？」

「這話是什麼意思？」

之前的魔法道具還沒用完，只要湊齊相同的條件，應該就能打倒那三個人。

「雖然是為了遵從命令，但當時沒有打倒那三個人可是極大的失策。」

「怎麼說？」

「他們曾經拚死苦戰過，因此下次戰鬥時，必定會充分活用那段經驗。然而身為死者的我，已經無法繼續成長。」

「哼，魔法師有辦法這麼快就變強嗎？」

「不不不，你可不能太小看他們。我的魔力量原本就不及威爾和克林姆。既然他們已經在之前那場戰鬥中累積了經驗，下一戰勝負如何還很難說。」

「這樣啊。」

看來這傢伙堅持不肯屈服於我，但他還是無法違抗塔蘭托。

若沒有其他人干擾，塔蘭托下次一定能夠壓制鮑麥斯特伯爵他們。

只要鮑麥斯特伯爵他們一死，我進攻王國時最大的障礙就消失了。

「我才不管你怎麼想，反正塔蘭托一定會打倒鮑麥斯特伯爵他們。」

沒錯，被操縱的人偶，頂多也只能像這樣耍嘴皮子。

「真是美好的君臣關係。雖然與我無關。」

這傢伙真是讓人生氣。

我居然笨到曾經想過「要是他還活著，真希望能將他收為家臣」。

你的師傅、好友和心愛的弟子。

下一次我一定要全部剷除。

這都是為了達成我的野心。

* * *

結果泰蕾絲與紐倫貝爾格公爵的初次交鋒，未能徹底分出勝負就結束了。

「嘖！結果紐倫貝爾格公爵親自培養的精兵根本沒什麼損傷。這樣實在稱不上打勝仗。」

紐倫貝爾格公爵率領的精銳在撤退時，留下了一支軍隊殿後，那些士兵在泰蕾絲發動的追擊下死傷無數，並大多成了俘虜。

若只看損害的比例，算是我方獲得勝利，但很難說我們有對紐倫貝爾格公爵依靠的軍隊造成了致命性的傷害。

率領王國軍的菲利浦也一臉不滿。

「投降的人實在太多，管理起來應該很麻煩。」
「泰蕾絲大人也在煩惱該如何處置那些人。」
「總不能全部處死吧。人只要不吃飯就會死，光是準備需要的糧食，就夠讓泰蕾絲大人頭痛了。」
他們原本就是被當成棄子，所以紐倫貝爾格公爵一率軍撤退，他們馬上就投降了。雖然很多貴族都對紐倫貝爾格公爵感到生氣，但也很難直接將他們當成同伴看待。
因為他們的領地和家人都被當成人質，所以等開戰後，他們還是有可能再次叛變。
「連俘虜都是陷阱啊……」
「居然能一瞬間就做出那樣的判斷。看來紐倫貝爾格公爵是個優秀的軍人。」
不過菲利浦又自嘲地補了一句「雖然我無法認同那種人」。
「接下來該怎麼辦？繼續讓兩軍互相對峙嗎？」
「不，必須主動出擊才行。」
「這樣不會很危險嗎？」
「的確可能會有危險，但若繼續讓紐倫貝爾格公爵為所欲為，帝國只會不斷衰退。為了打倒他並主張政權的正當性，泰蕾絲大人必須主動出擊才行。」
「原來如此，話說你明明也懂得分析政治情勢，為什麼在之前的紛爭中會輸得那麼慘啊？」
「別再提這件事了。能否從局外人的角度陳述意見，和能否以當事人的身分做出正確判斷是兩回事啦。」

我一指出這點，菲利浦的表情就變得更加不悅。

「我們要攻下阿爾罕斯。」

「那裡不是重要據點嗎？」

「正因為是重要據點，所以才要攻下那裡。」

如同菲利浦的預料，好歹也算是打了勝仗的泰蕾絲，決定主動出擊。

就算繼續對峙下去，也只會讓帝國變得愈來愈疲弊，她似乎認為繼續讓紐倫貝爾格公爵占據帝都會很危險。

我姑且有確認過帝國的地圖，所以知道阿爾罕斯的位置。

阿爾罕斯位於索畢特大荒地和帝都中間，是帝國軍的重要軍事據點。

那裡不僅有巨大的城寨和軍事基地，旁邊還有一座人口超過三十萬人的都市。

儘管並未獲得官方承認，但那是個被帝國人視為副首都的重要都市，只要拿下那裡，或許就能直搗帝都。

「戰力方面不會太吃緊嗎？」

「這也是為了增加戰力。」

在之前那些戰鬥中，我方其實並沒有折損多少士兵，反倒是反叛軍的死傷比較嚴重，但在戰力方面，目前還是紐倫貝爾格公爵那邊比較有利，我方是否有勝算還很難說。

「關於兵力的問題，目前已經有著落了。」
泰蕾絲表示將用之前那些俘虜來填補戰力。
「妳打算引誘阿爾罕斯北方的貴族叛變嗎？」
「他們對紐倫貝爾格公爵的作法非常反感。只要讓解放軍收復他們的領地，就不用擔心他們叛變了。後方也有派新的援軍過來，這樣應該能縮小數量差距。」
「是這樣沒錯……」
「紐倫貝爾格公爵失去了大量的糧食和物資，短期內應該無法動用大軍。」
我在之前的戰鬥中，似乎燒毀了反叛軍的大型補給站。
「想再次讓十萬以上的大軍能夠長期行動，必須花費很多時間收集物資。考慮到已經沒有補給，他們應該會撤退到帝都附近。」
「只要用魔法袋補給就行了吧？」
「將魔法師連同魔法袋一起燒掉的人，不就是威德林你嗎？」
軍隊消耗的物資非常多，所以會同時利用魔法袋和一般的馬車運送。
之所以不只用其中一種，單純是為了安全考量。
那個保管場所，似乎同時存放了用一般方法運送的物資和泛用的魔法袋。
而絕大部分的物資，都被我用魔法燒掉了。
「明明保管場所和補給部隊都位於大後方，卻被威德林機靈地用魔法燒毀，紐倫貝爾格公爵現在應該非常怕你吧。」

「是這樣嗎？」

雖然出乎對方的預料，但這並不表示我是個優秀的軍人。

我想對方應該沒那麼警戒我。

「總而言之，本宮希望你能跟先遣隊一起出征。」

「我知道了。」

我們按照泰蕾絲的命令，率領六萬名士兵南下。

不過我率領的一千五百名王國軍是被當成游擊部隊，所以能夠獨立行動。

「艾爾文隊長，現在還不必那麼緊張。」

一名老練的中年指揮官，以輕鬆的語氣向艾爾搭話。

我將艾爾交給菲利浦照顧，他現在是中隊長，負責指揮約五百名王國軍。年僅十六歲就擔負這種重責大任，讓艾爾在馬上緊張得全身僵硬。

「艾、艾爾先生，放鬆一下吧。」

「遙小姐看起來也很緊張，請您放鬆一點。」

遙試圖舒緩艾爾的緊張，但她自己也被擔任副隊長的中年王國軍人指出太過緊張。

遙不僅是艾爾的未婚妻，平常也負責輔佐艾爾。

「我才不緊張。」

「我年輕時也有過類似的經驗。現在先深呼吸，讓自己冷靜下來吧。反正暫時應該不會發生戰鬥。」

輔佐艾爾的中年副隊長做出這樣的預測，對此感到困惑的我，向在一旁威風地策馬前進的菲利浦問道：

「雖然他這麼說……但真的沒問題嗎？」

「紐倫貝爾格公爵之前太過勉強那些不是自己親信的貴族和他們的軍隊，所以那些在這附近有領地的貴族應該都對他感到非常生氣。恨他的貴族只會協助我們，不可能與我們為敵。」

所以菲利浦和中年副隊長都認為在抵達作戰地點，也就是阿爾罕斯之前，應該幾乎不會遭遇戰鬥。

「我們現在率領的六萬名軍隊，大多都是在阿爾罕斯北方擁有領地的貴族。他們回到領地後，應該會宣示參加解放軍。」

雖然解放軍在前次戰鬥中殺了他們很多人，但即使與反叛軍會合，也只會再次被當成棄子。

他們之前只是因為害怕紐倫貝爾格公爵，才會服從他的命令。

我能理解那些貴族的悲哀。

「後續的歸順事宜與占領後的行政，都是由阿爾馮斯大人負責，我們只要前進就好。反正帶頭的也不會是我們。」

「那我們需要應付企圖截斷我方補給路線的敵軍所發動的游擊戰嗎？」

「當然要，但一千五百名士兵能做的事情有限。而且我們這支由外人組成的部隊，是被當成傭兵看待。克里斯多夫。」

「是的，哥哥。」

「把那張地圖拿給鮑麥斯特伯爵看。」

「請看。」

克里斯多夫遞給我一張地圖。

上面詳細記載了這附近的道路。

「雖然我方替輜重隊準備了幾條補給路線，但這些路線很可能會被截斷。不過我方在規劃這些路線時，就已經預想到會被截斷，所以被截斷時，馬上就能察覺敵人的動靜。只要事先確保補給路線，到時候不論是要逃跑或迎擊都能派上用場。之所以事先將多到讓我們不必補給的物資交給鮑麥斯特伯爵保管，也是為了這個目的。」

「我活用過去的教訓，準備了五條逃跑路線。就連平常沒什麼人走的山路都調查過了。」

「那我就放心了。」

聽完菲利浦和克里斯多夫的說明後，我總算釋懷了。

他們的方針是只要覺得沒勝算就立刻逃跑，這點我也深感贊同。

「要是你們在之前那場紛爭中，也能活用這項能力就好了。」

「「不是叫你別再提這件事了嗎！」」

兄弟兩人異口同聲地吐槽我。

之後我們持續進軍。

不過每次經過貴族的領地或城鎮時，都會被迫停下腳步。

因為每個人都說糧食不夠，希望我們賣糧食給他們。

「糧食不夠？」

「是的，聽說他們的糧食，都在前陣子那場戰鬥的前後被上面的軍隊買走了……」

雖說現在是內亂期間，但紐倫貝爾格公爵也不想明目張膽地在帝國領地內進行掠奪吧。不過他似乎是用遠低於行情的價格，強制收購那些糧食。

「據說他們剩下的糧食只夠勉強撐到收成時期，所以希望我們能多少賣一點給他們……」

「真是微妙的焦土戰術……」

克里斯多夫的表情像是在問我「該怎麼辦」。

這怎麼看都是為了妨礙解放軍進攻。

若解放軍硬要在當地調度糧食，應該會引起當地居民的反彈吧。

「不好意思，我們手邊的糧食也不怎麼寬裕。」

我們不斷拒絕這些要求，持續進軍。

雖然有很多領地因為領主的軍隊回來了而選擇參加解放軍，但除了領主戰死或失蹤的領地以外，也有貴族至今仍選擇效忠紐倫貝爾格公爵，並對我軍發動攻擊。

他們似乎打算善用地利，對我們發動奇襲。

「必須避免出現太多犧牲。」

雖然有幾十名士兵想從山路側面對我們發動奇襲，但因為我們早就發現了，所以能夠迅速對應。

「從規模來看應該是騎士爵家。艾爾文，我們要包圍敵軍，你負責指揮左側的軍隊。」

「了解。」

即使策劃了奇襲，如果事先就被發現也沒意義。敵軍一下就被我們團團包圍。

艾爾在遙與副隊長的輔佐下，順利按照菲利浦的指示指揮部隊。

「要一口氣縮小包圍嗎？」

「不，俗話不是說『窮鼠齧貓』嗎？」

「可是不戰鬥對方應該不會投降吧？」

「會的。」

雖然菲利浦一臉懷疑，但我走到隊伍前面，對埋伏的敵軍發動極度微弱的「區域震撼」。因為威力就跟低周波治療器差不多，所以他們發出尖叫暴露出自己的位置。

「如果你們不願意投降，所有人在砍到我們之前就會先陣亡……」

「我們投降！」

奇襲一失敗，擔任指揮官的貴族就立刻丟下武器投降。

敵人是一名看似騎士、剛步入老年的下級貴族，以及一群裝備簡陋的士兵。看來是召集農民所組成的諸侯軍。

「因為我們必須裝出有戰鬥的意思……」

那位老貴族似乎是個貧窮騎士，這場內亂徹底打亂了他的生活。

他一開始表明要參加反叛軍，但因為地位太低無法上前線，所以才被吩咐駐守街道。

拜此之賜，他們不必進攻解放軍的野戰陣地，並因此逃過一劫。

「雖然投降後才這麼問有點奇怪，但請問內亂現在的狀況如何？」

「呃……」

這就是領地位於兩大勢力邊界的小領主的悲哀吧。

只要選錯邊站，不只是自己，就連領民都有可能被趕盡殺絕。

「因為主力部隊也在繼續南下，所以這裡馬上就會被納入解放軍的勢力範圍。」

「啊……目標是阿爾罕斯嗎？」

「這是作戰機密，所以無可奉告。」

這老人的直覺莫名地敏銳。

儘管我們試著蒙混過去，但只要有點軍事知識，都會知道當下的目標是阿爾罕斯。

「事情就是這樣，你們別想太多，乖乖待在自己的領地吧。」

「那個……能請您帶我們一起走嗎？」

「咦？」

雖然戰記故事裡常出現帶著剛投降的敵軍一起前進的情節，但我實在不曉得能否信任他們。

若他們在抵達南部地區後背叛，我們就會腹背受敵。

我因為無法做出決定而看向菲利浦，尋求他的建議。

「總司令是你，如果你不下判斷，事情就不會有進展。」

「他們既能充當戰力，又能幫忙帶路。而且攻下阿爾罕斯後，這一帶也會變成安全地區，所以應該沒問題吧？」

「我也這麼認為。」

「需要有人幫忙帶路嗎？請交給我吧。我重新自我介紹一下，我叫維爾納・甘特・馮・波佩克，是個微不足道的貧窮騎士爵家的當家。話說關於讓我與各位同行的事情……」

幾小時後，我們重新開始南下。

雖然我們請那位叫波佩克的老騎士幫忙帶路，但他送一開始的軍隊回領地後，不知為何又帶了一堆老兵回來。

「因為剩餘的糧食都被紐倫貝爾格公爵買光了，而年輕人必須照顧田地。」

他帶回來的約三十名士兵，幾乎都是老人。

「鮑麥斯特伯爵大人。可以請您也讓附近的領主們加入嗎？」

「菲利浦大人？」

「讓他們集合在一起比較省事。」

獲得菲利浦的同意後，附近的領主也接連率領軍隊與我們會合。

「他是直轄地的代理官。因為這塊土地又長又狹窄，所以那個職位幾乎和世襲貴族差不多……」

外表看起來只是個普通老爺爺的波佩克，人面意外地廣。

他才加入我們一個星期，就有許多貴族或直轄地的代理官帶著軍隊投靠我們，王國軍的人數也成長了將近三倍，變成約四千人。

然而大部分的士兵都是老人。

因為沒有行動不便的人加入，所以不會造成問題，但克里斯多夫的猜測充滿了現實感。

『看來是因為糧食不足，所以老人才會率先從軍。』

感覺這的確是個能夠減少糧食負擔的好藉口。

不過大家年輕時似乎都已經參加過好幾次紛爭，從整齊的步伐就能看出他們經驗豐富，而且實力看起來也不弱。

「後方的補給也按照預定計畫送到了，既然能夠當成戰力，那應該沒問題吧。」

軍隊人數一增加就會變得顯眼，而這又帶動其他貴族前來參加。

不過在發現我們這裡有很多老人後，那位貴族也只帶了老兵過來。

「只能祈禱別發生戰鬥了。」

「這就難說了。不過他們遠比新兵派得上用場。」

老兵們會自己準備餐點或是搭睡覺用的帳篷，感覺非常習慣行軍。

在持續南下兩個星期並抵達阿爾罕斯的東側後，儼然成了老兵首領的波佩克，突然提出不得了的建議。

「我們去攻陷沙卡特吧。」

「沙卡特？那在哪裡？」

我們連忙攤開地圖尋找，最後在距離這裡約十公里的南方，找到了叫這個名字的城市。

「打下這個城市有什麼用？」

艾爾會這麼問也很合理。

不如說現在就停止南下，等著和友軍一起進攻阿爾罕斯還比較輕鬆。

這支部隊都是老兵，所以應該會讓他們在後方待命。

「這個城市旁邊，有座廢棄的城寨。」

「廢棄的城寨？」

「這年頭常有這種事吧。為了節省預算而重新合併或廢止軍事設施什麼的……」

沙卡特旁邊的城寨在很久以前──帝國還只是個小國的時期──曾被當成抵禦中央與北部地區敵

人的重要防衛據點。

之後隨著帝國進行北伐，沙卡特旁邊的城寨也逐漸失去價值。

然後在有人提議廢棄，並與那些身為既得利益者的帝國軍上層交涉了好幾百年後，終於在約三十年前廢棄。

「帝國軍反對削減經費反對了這麼久啊……」

「不管是誰，都不希望自己的就職機會減少吧。」

這個老人非常清楚帝國軍的事情。

雖然王國也經常重整軍事設施，但我還是忍不住沒品地猜測或許有些人就是因為擔心軍方勢力會持續衰弱下去，才參加紐倫貝爾格公爵發動的反叛。

「不過那裡已經廢棄了吧？」

「因為缺乏預算，所以借給商人使用了。」

那裡有堅固又能防盜的石造倉庫，因此後來是借給城裡的商人使用。

為了避免遊民或犯罪者跑進去，商人們會定期派遣警衛過去管理。

「我偶爾會去沙卡特那裡買東西，所以才會知道這些事。」

「我有問題！」

「請說，露易絲大人。」

「那個叫沙卡特的城市，不像阿爾罕斯那麼繁榮嗎？」

「那裡的人口大約有五萬人，是個中間等級的商業都市。我聽說那裡因為受到阿爾罕斯的影響，以及其他種種因素沒落。」

「威爾，怎麼辦？」

「伊娜，妳覺得如何？」

我看著地圖，煩惱接下來該怎麼辦。

據泰蕾絲所言，進攻阿爾罕斯的工作應該會由主力部隊負責，即使我們接下來什麼都不做，只待在後方參觀也不會有問題。

畢竟現在已經有將近五十名貴族歸順於我，這樣就算是立下大功了。

「先派人偵察看看，如果苗頭不對就去阿爾罕斯如何？」

「這樣應該最妥當……」

決定過去看看後，我們讓由王國軍和波佩克組成的偵察部隊先行，朝沙卡特前進。

兩天後，偵察部隊回來報告當地的狀況，看來反叛軍似乎只留下約一百名士兵駐守，其他人都撤退到後方了。

「反叛軍應該也有在那裡收購糧食吧。」

「雖然很有可能，但沙卡特的商人很會藏東西，反叛軍也無法對他們太強硬吧？」

「反叛軍或許會強迫他們交出糧食。」

「應該辦不到吧？」

艾爾也贊同波佩克的意見。

「為什麼你會這麼覺得？」

「為了能夠確實收購糧食，反叛軍盯上了波佩克先生這些領地小的貴族，但沙卡特有五萬名居民。如果只有一、兩千名士兵，就算想強硬收購，也只會遭到反抗吧？」

「五萬人當中有一半是男性，就算扣掉老人和小孩也還有一萬人。反叛軍之所以只留下少數部隊駐守，對那座城市置之不理，應該是因為認為那些人只會消耗大量糧食和扯後腿吧。」

菲利浦替兩人的意見做出補充，看來大家都贊成攻下沙卡特。

「希望沙卡特的居民不會與我們為敵。」

「鮑麥斯特伯爵大人，發生像這樣的內亂時，平民只會冷靜地跟隨勝利者。」

雖然反叛軍掌控城市時會跟隨反叛軍，但只要我們趕走反叛軍，他們就會跟隨解放軍。

波佩克斷定他們一定會這麼做。

「這也不能算卑鄙，畢竟他們也有他們的生活要過。」

我對此並不感到厭惡。

畢竟「勝者為王」，沒必要刻意去魯莽地挑戰強者。

「換句話說，只要打贏就好？」

「只要邊修補沙卡特的城寨邊與敵軍纏鬥，就能和阿爾罕斯一起對帝都施加壓力。」

「波佩克先生，你……」

我本來以為他只會發動愚蠢的奇襲，沒想到他投降後立刻就變成能幹的參謀。

他似乎也很熟悉軍隊的事情，看起來一點都不像鄉下的騎士。

「我不過是個普通的貧窮騎士，只是以前待過帝國軍而已。」

因為波佩克先生是次男，所以曾在帝國軍工作，直到哥哥生病早逝，他才返回領地。

「我的哥哥育有一女，我讓她和我的兒子結婚，並繼承了領地。別看我這樣，我以前也算是個菁英分子呢。」

簡單說明完自己的經歷後，波佩克先生將雙手放在我的肩膀上。

「雖然一開始被迫加入反叛軍，但鮑麥斯特伯爵大人出現的時機真是太好了。」

「咦？」

「其他貴族和士兵都上了年紀，即使失敗死掉也有人繼承。所以我們一起努力攻下沙卡特吧。這樣就有禮物可以送菲利浦公爵閣下了吧？」

原本是帝國軍的菁英，但因為哥哥病死而成為貧窮騎士的波佩克，似乎打算趁這個機會立下功勞，在人生的最後風光一回。

跟隨他的那些貴族，似乎也都是相同的心情。

那些人全都是覺得自己死不足惜的老人。

「希望鮑麥斯特伯爵大人能將我們立下的功勞，公正地稟報給上層。」

「喔……」

面對這些老人的魄力，我只能勉強應聲。

抵達沙卡特附近後，我們發現駐守在城裡的敵人數量並沒有變化。城市的治安原本就是由警備隊負責，所以他們基本上也無事可做。

雖然只要駐守在防禦力最高的城寨裡就好，但在擔心倉庫裡的糧食和物資會被侵占的商人們的反對下，反叛軍只能無奈地待在城市裡。

「這裡明明是重要據點……」

艾莉絲在看見反叛軍的陣容後驚訝地說道。

「大概是認為即使淪陷，也能馬上搶回來吧。」

「是這樣嗎？」

艾莉絲看向座落在城市與城寨旁邊的河川，她似乎認為想搶回這裡並不容易。

「即使被解放軍搶走一兩個城鎮，反叛軍也不痛不癢。」

對紐倫貝爾格公爵來說，重要的只有由自己栽培的那十一萬名士兵組成的部隊。只要有那支部隊在，就能將為了解放帝都而持續南下的解放軍引誘到帝都周邊一一擊潰，所以只要死守帝都周邊和南部，就不會有任何問題。

「反叛軍能從南部和帝都周邊獲得補給，而且還把這一帶剩下的糧食都帶走了，所以解放軍必須花費一段時間才能整頓好補給線。」

他應該是想趁這段時間進行訓練，增強自己子弟兵的戰力吧。

「虧你年紀輕輕，就能看穿紐倫貝爾格公爵的戰術呢。」

菲利浦的想法也和我一樣，所以難得地稱讚我隨口提出的戰術論。

「紐倫貝爾格公爵打算在帝都北部打游擊戰，然後找機會一口氣擊倒過度深入敵境的解放軍。從解放軍的陣容來看，他們幾乎只剩下全力發起決戰這條路能走。反叛軍只要能趁機打倒菲利浦公爵大人和其他主要將領，解放軍就會自己垮臺。」

的確，只要打倒指導者和幹部，反叛軍就能輕而易舉地鎮壓解放軍。

「他完全沒想過自己獲勝之後，帝國會變成什麼樣子呢。」

「因為紐倫貝爾格公爵的思考方式實在太偏向軍人了……藉由壓榨北部和優待中央與南部的方式，逐步消除人民的不滿，在這段期間整合帝國，等經濟恢復到一定程度後就嘗試南下，他頂多只有計畫到這裡吧。」

包含我在內的所有人，都點頭贊同克里斯多夫的推測。

「比起那麼久以後的事情，還是先攻下眼前的據點吧。」

話雖如此，其實我們已經想好辦法了。

「你們這些反叛軍！快點把沙卡特和城寨交出來！」

波佩克先生帶著精心挑選的老兵，開始在城鎮入口挑釁駐守部隊。

「怎麼了？那些老頭有什麼事？」

他們一跑出來看，就發現有許多超過七十歲的士兵在挑釁自己。

儘管雙方人數差不多，但看不起老人的他們，馬上就生氣地衝出城鎮追擊那些老兵。

「臭老頭，不准逃！」

「明明是因為太沒用才會被留在這裡，居然還敢擺架子。城裡的人也覺得你們很麻煩吧。」

「臭老頭！我絕對要殺了你！」

或許是被戳中痛處，駐守部隊的士兵們開始忘我地追逐波佩克先生他們。

追逐了一段時間後，駐守部隊進入某個充滿岩石的地區，此時他們總算發現自己被包圍。

「歡迎光臨。來者是客，我得好好招待各位才行。」

卡特琳娜出現在他們面前，用「風刃」俐落地切開巨大的岩石。

那股強大的威力，讓駐守部隊看得目瞪口呆。

「如果各位執意要戰鬥，那我也不會阻止，不過到時候各位的頭可能就要永遠和身體說再見了。」

屈服於卡特琳娜的威脅，駐守部隊全都丟下武器投降。

「這裡明明是相當重要的據點……」

雖然負責指揮部下沒收武器的遙難以釋懷，但我們還是順利攻下了沙卡特的市區和城寨。

「中立都市宣言？」

「沒錯。戰爭期間，我們都會待在城寨裡，所以無法顧及各位。維持治安的工作就交給警備隊，行政方面則是交給代理官大人。」

「這樣啊……」

無血占領沙卡特後，我在市政府內告訴代理官我們沒打算統治這裡。

理由是如果有管理這裡的人手，不如派去補強城寨。

沙卡特市區南側面向河川，城寨的損傷也比想像中輕微。

即使如此，還是必須盡快進行修補和改建，強化防衛能力。

除此之外，這座城市的代理官潘崔，看起來也是個難以捉摸的人物。

「另外我們有件事想和商人們商量。」

「是關於倉庫裡的糧食與物資吧？」

「嗯，希望各位能按照行情賣給我們。」

「按照行情嗎？」

商人們的語氣聽起來不太情願。

現在是戰時，所以他們大概認為只要再堅持一下，就能賣超過行情吧。

「等解放軍的補給路線延伸到這裡後，價格應該不會提升多少。」

那些在後方有領地的貴族都已經加入我們，所以之後應該不會缺糧。
而且即使高價將糧食賣給我們，獲得一時的利益，若之後被泰蕾絲盯上也沒有意義。
我們並沒有像紐倫貝爾格公爵那樣低價收購，所以我強烈希望他們能按照行情價來賣。
「當然我不打算勉強各位。」
「……」
最後商人們一臉不情願地將剩下的糧食以行情價賣給我們。
「另外，我想各位應該明白……」
警告完他們若提供情報給反叛軍或窩藏密探，將會處以死刑後，我帶著增加到四千人的軍隊進入城寨。
城寨裡非常寬敞，能順利收容所有的人。
「明明可以把用不到的地方拆掉，將建材拿去擴張城鎮。」
「上層的意思是發生狀況時或許能派上用場，所以禁止這類用途或進行改建。」
已經徹底成了老兵領袖的波佩克，也很清楚這方面的內情。
「快點開始作業吧。」
「平均年齡真高。雖然他們都很勤奮……」
艾爾輕聲嘟囔，但實際上，老兵們真的非常能幹。
儘管頂多只有參加過紛爭，但所有人都有從軍經驗，再加上他們平常是住在偏僻的領地，因此所有人都身懷絕技。

他們立刻開始用灰泥補強被棄置多年開始崩壞的牆壁和圍牆，並主動幫忙管理俘虜。

「感覺他們比我和艾爾還有用呢。」

「內部的事就交給他們吧。」

菲利浦將警備工作交給王國軍，並拜託剩下的老兵們修補城寨。

我和卡特琳娜前往附近的石山，準備能用的石材。

「我知道為什麼沙卡特的城市無法進一步發展了。」

姑且不論南方的河川，這附近零星遍布著許多溼地、石山和小規模的魔物棲息地，這樣城市應該很難進一步擴張。

當然只要有心，還是有可能進行開發，應該是因為要優先開發阿爾罕斯，才會暫時先擱置這裡。

「如果是威德林先生，不用多久就能填平這一帶吧。」

「問題是沒有土砂。就算想去其他地方找，也無法使用移動魔法，而且這裡又不是我的國家。感覺好麻煩，還是算了。」

我們兩人採集完石材後，就開始擴建和強化城寨。

施工者大多是老人，因此搬石材的工作都由我利用魔法進行，其他作業則是交給熟練的老兵，結果工程進展得比想像中還要快。

「老人力量真可怕！」

看來不只前世的日本，這個世界也有許多精力充沛的老人。

「總而言之，既然不曉得反叛軍何時會想奪回這裡，接下來也要邊警戒邊施工。」

由於主事者們的意見一致，為了能讓強化城寨的工程早日完成，大家都拚命地工作。

不過老人實在太多，所以還是必須定時讓他們好好休息。

「話說反叛軍一直都沒來耶？」

我們已經在沙卡特的城寨待了一個星期，但不知為何這段期間都沒在河的對岸看見反叛軍的身影。

明明我們不分晝夜都在警戒，這實在太令人掃興了。

「威爾，這裡真的是重要據點嗎？」

「地圖上看起來是這樣……」

儘管與帝都間隔了一條河，但直線距離應該和阿爾罕斯差不多。我看著地圖向露易絲說明。

「比起這個，城裡的代理官又來了。」

「又來啦……」

我順著伊娜的視線一看，就發現代理官潘崔的身影。

雖然我們曾說過不會派人管理沙卡特，但由於那裡現在無法和南部地區交易，因此這幾天經常有人來抱怨。拜此之賜，我被迫將城寨的工程交給菲利浦、克里斯多夫和波佩克處理，跑去整頓連接沙卡特與北部地區的道路。

「鮑麥斯特伯爵大人。如果再不開始和北方交易，我們全都會餓死。」

「我知道了。我會處理。」

雖然原本就有道路，但其實沙卡特北部是一片廣大的溼地區。

為了避開這些溼地，那些道路都被開拓得蜿蜒曲折，增加與北部交易的困難。

「既然無法和南部交易，就只能多和北部交易了。必須盡快和城寨內的波佩克大人等領主們的領地進行交易……」

「如果是因為這樣，那就沒辦法了。」

我決定建設一條能筆直從沙卡特延伸到北部地區的道路。

「這裡為什麼會是溼地區啊？」

「好像是因為南方那條河的河水會流到這裡。」

雖然我開始和卡特琳娜一起動工，但如果不先解決溼地的問題，根本就無法造路。

必須先針對河川進行治水和修建堤防的工程，讓河川的水不會流到溼地區。

我用土塊打造堤防，再收集石頭進行補強。

接著不斷對溼地的地面發射「火炎球」，強硬地讓那裡變乾。

如果地球的環保團體看見這幅光景，一定會主張「這是在破壞溼地區的生態系統！」將事情鬧大。

「這方法實在不太優雅。」

「那卡特琳娜要選擇華麗但費工夫的方法嗎？」

「我們繼續施工吧。」

卡特琳娜也不斷發射「火炎球」，強硬地讓溼地變乾。

仔細燒乾要建設道路的部分後，再剝掉表面的土壤並鋪上石材就完成了。

儘管地層或許會下陷一段時間，但之後沙卡特的居民應該會自己設法解決，我沒必要幫他們做那麼多。

「哎呀，這條路比想像中還要完美呢。」

雖然潘崔大力稱讚，但我更在意那些在道路旁邊挖水溝的工作人員。

「這只是順便把道路整頓得更好。」

「順便啊……」

潘崔似乎是自己請人來施工。

「那些人是誰？」

甚至還有農夫開始在稍微變乾燥的溼地上耕種雜糧。

「這裡原本就不是因為地下水才變成溼地區。多虧鮑麥斯特伯爵大人幫忙整治河川，住宅地的開發工程也大有進展。真是太感謝了。不過地面可能還要花一段時間才會完全變乾，所以為了同時解決缺乏糧食的問題，我們打算栽種雜糧。畢竟作物也能吸收水分。」

「原來如此。」

這個代理官意外地也很熟悉農業。

「這部分是我們自己擅做主張，所以不需要勞煩鮑麥斯特伯爵大人。」

「喔……」

基於這些緣由，我花了約一個星期的時間，鋪好了通往北方的石頭路。

「……然後呢，今天又有什麼事？」

「其實……」

潘崔這次似乎是想拜託我整頓因為溼地區，所以多繞了不少冤枉路的西側街道。

「鮑麥斯特伯爵大人應該想強化與西邊的阿爾罕斯的聯繫，與那裡一起對帝都施加壓力吧。」

「這是軍事機密，所以無可奉告。」

話雖如此，只要有點腦袋，就連小孩都能想到這個作戰方針。

所以潘崔不可能沒注意到。

「是的，這是當然。鮑麥斯特伯爵大人是掌管這個地區的軍隊指揮官，所以我非常能夠理解您想要隱匿軍事情報的心情。」

說我是這個地區的指揮官也太誇張了。

主力部隊是負責攻克阿爾罕斯的大軍，我們只被當成游擊部隊。

會來沙卡特，也只是因為波佩克的建議。

「簡單來講，你希望我在西側也建設一條筆直的道路嗎？」

「其實城裡的人們也熱切希望能開發西側的土地……我們和南部的交易已經中斷，不過託鮑麥斯特伯爵大人的福，現在北部多了一條優美的道路，交易也大有進展……」

「好好好，西側對吧。」

「若和阿爾罕斯的交易能有所進展，這個城市的戰略價值也會提升吧？」

「……」

「威德林先生，我們是不是被人巧妙地利用啦？」

「卡特琳娜，就算這麼想也不可以直接說出來。」

我再次帶著卡特琳娜前往城鎮西部。

「我知道他為什麼要把這項工作推給我們了。」

城市西側不僅是丘陵地帶，還零星散布著許多尖銳的小型石山，根本找不到超過一平方公尺的平地。

「至少比處理溼地輕鬆……」

我和卡特琳娜一面整平地面，一面朝西方拓寬道路。

碾平丘陵產生的廢土可以當成西側堤防的材料，破壞石山後取得的石材則是可以用來強化堤防，除此之外，也能拿到城裡賣給需要這些材料的商人。

「城寨要進行第二期工程？」

「為什麼？」

「因為人員增加了。」

北方的道路才剛完成不久，之前那些沒派兵協助解放軍的北方貴族就送了士兵過來。不僅如此，就連沙卡特都開始有市民想以志願兵的形式從軍。

「志願兵？這樣不會有問題嗎？」

明明沙卡特前陣子才宣布要在戰時保持中立，結果卻派了士兵來幫忙。

「所以才是志願兵啊。既然是出於個人意願從軍，那就和城鎮沒有關係。」

克里斯多夫在事後報告中提到，他是因為這樣才接納那些人。

「因為不好使喚，所以我打算如果反叛軍攻過來，就讓他們參加防衛戰。等我們進軍後，再將他們重新組織成防衛軍，讓他們和那些老人一起防守這裡。」

雖然那些老人的確比想像中還有用，但還是無法讓他們和紐倫貝爾格公爵率領的精銳戰鬥。他們現在就已經立下足夠的功勞，應該不會繼續勉強自己。

「等泰蕾絲派軍政官過來後，就讓那名軍政官指揮他們防守這裡吧。」

「雖然這個城市的代理官似乎巧妙地利用了鮑麥斯特伯爵，但為了我們的安全，在我們離開之前，就請你好好被他利用吧。」

「可惡！我自己也很清楚啦！」

於是我和卡特琳娜花了一個星期的時間，在城鎮西邊鋪了一條漂亮的石頭路。

雖然果然還是無法一直鋪到阿爾罕斯，但少繞這些路，應該能大幅縮短到那裡的距離。

城市西邊變成廣大的平地，河川的堤防也延伸到西側後，潘崔指示工人們在幾個鄰近市區的平地建造住宅。

「你想打造住宅區嗎？」

「這座城市最近面臨住宅不足的問題。我們原本還在困擾土地不夠，真是太感謝兩位的幫忙了。」

潘崔開心地向我和卡特琳娜道謝。

工人們立刻就開始施工。

順帶一提，蓋房子的材料主要是我們切割下來後賣給他們的石材。

「雖然算不上回禮，但聽說菲利浦大人和克里斯多夫大人正忙著擴建城寨，所以我派了一些志願者過去幫忙。」

不用克里斯多夫提醒，我也知道自己被潘崔利用了，但拜此之賜，我們不僅能以公道的價格買到食材，沙卡特還幫我們負擔了作業人員的薪水。

這樣也省了統治他們的工夫，為了我們彼此的利益，我應該繼續用魔法幫忙施工。

「既然如此，就鼓足幹勁上吧——！」

「親愛的，不要太勉強自己喔。」

「艾莉絲真溫柔。因為不是去戰鬥，所以一點都不勉強啦。」

整頓完北部和西部後，這次輪到市區東部。

這裡的地形也很險惡，從市區到河邊之間的土地，佈滿了大量高度約二十公尺的岩石。用魔法粗暴地剷平這塊土地後，我們開始整頓道路和建設河川東側的堤防。

我們花了一個月才完成這些工程，但不知為何，反叛軍在這段期間內都沒有動靜。拜此之賜，所有工程都按照預定計畫結束了。

三面都變開闊的沙卡特，充斥著建築工程的聲音，周邊那些歸順解放軍的貴族領地，也有很多人為了交易和建設住宅的工作聚集到這裡。

到了這時候，泰蕾絲也開始會定期送最新的情報過來。

『我軍正在包圍阿爾罕斯。請各位暫時在沙卡特等候。』

雖然不是紐倫貝爾格公爵的子弟兵，但阿爾罕斯還是有約兩萬名反叛軍在守城，泰蕾絲似乎打算包圍那裡逼他們投降，然而紐倫貝爾格公爵組織的別動隊，不時會去騷擾正在圍城的解放軍。對方明顯是在爭取時間，所以泰蕾絲在信裡提到她也會率領援軍去參加阿爾罕斯的包圍戰。

『紐倫貝爾格公爵似乎忙著應付這裡，沒空去騷擾威德林。請你抱持警戒，繼續強化沙卡特。』

「要怎麼做才能強化這裡啊？」

「你不是已經在做了嗎？」

「說得也是呢。」

「鮑麥斯特伯爵大人，代理官大人來委託您拆除舊市區了。」

「看來那個臭代理官，真的是想徹底利用我呢！」

雖然我表面上還是會裝出生氣的樣子，但這些委託也關係到我自身的安全，而且仔細想想，這些跟我在鮑麥斯特伯爵領地時做的事情根本沒什麼兩樣。

畢竟管理軍隊和貴族的工作，我都交給菲利浦、克里斯多夫和波佩克處理了，所以除了吃飯、洗澡和陪妻子們玩樂以外，我平常也無事可做。

「因為居民們都非常感激，所以會積極地協助我們，擴建城寨與整頓河川碼頭的工作已經告一段落，我們的軍隊也增加到六千人，這樣應該足夠回應菲利浦公爵閣下的期待了。太好了，之後應該能獲得不少賞賜。」

菲利浦他們或許這樣就能滿足，但我只想早點回去鮑麥斯特伯爵領地。

「話說艾爾跑去哪裡了？」

我向菲利浦詢問艾爾的去處。

在遙的協助下，艾爾現在已經能順利指揮軍隊了。

「他今天沒有排班，所以帶遙小姐去城裡約會了。」

「什麼？可惡的艾爾！」

我每天都在辛勤地工作，結果他居然在跟未婚妻約會。

真是太不可原諒了。

「施工時有妻子陪伴，晚上還能跟眾多妻子嬉戲。鮑麥斯特伯爵才是最不可原諒的男人。」

「哥哥說得沒錯。」

「實在太令人羨慕了。要是我再年輕一點，或許還有努力的空間。」

「唔！」

被菲利浦、克里斯多夫和波佩克三人這麼一說，我實在是無法反駁。

在那之後過了一個星期，我們總算收到阿爾罕斯的反叛軍投降的消息。

我們成功將阿爾罕斯與沙卡特連接起來，將兩座城市背後的領地納入解放軍的勢力範圍，不過阿爾罕斯的商人重新來沙卡特做生意時，全都露出驚訝的表情。

「西側的街道變成筆直的石頭路，城市也在進行擴建！這是為什麼？」

「理由很簡單。因為我負責施工，還有這裡的代理官非常會使喚人。」

真要說起來，對身為帝國官僚的代理官潘崔而言，只要沙卡特能持續繁榮，他就可以將官職傳給子孫，所以最後不管是反叛軍或解放軍獲勝都無所謂。

「親愛的很努力呢。」

「嗯，而且還是在別人的國家。」

總算有空出門逛街的我，和妻子們一起聆聽商人們驚訝的感想。

第二話 連日大會戰，終於和師傅做出了斷

成功將沙卡特建設成據點後，我們被泰蕾絲叫到已經被解放軍攻下的阿爾罕斯。好像是因為她總算順利取得能緊盯帝都的據點，所以才想將我這個優秀的魔法師叫到身邊。

布蘭塔克先生和導師都在泰蕾絲身邊當護衛，即使我們不在，她應該也不會感到寂寞，所以或許是她還沒對我死心。

等大部分的工程都結束後，我將沙卡特交給波佩克他們管理，帶著菲利浦和克里斯多夫來到阿爾罕斯。

不愧是被當成副首都的城市，這裡的規模甚至在布雷希柏格之上。

聽說泰蕾絲是先用包圍作戰切斷這裡的補給，再透過交涉勸敵軍投降。拜此之賜，城裡看起來沒有明顯的損傷。

「聽說你們攻下了一個好據點？」

「唉，該說是順勢而為嗎？」

前來迎接我們的阿爾馮斯，對我們攻下沙卡特的城鎮與城寨這件事表示感謝。

雖然那裡原本是個派不上用場的地方，但多虧了市區與城寨的擴建工程，那裡現在已經能為反

叛軍施加沉重的壓力。

「說到沙卡特，那裡的城寨從三十年前開始就被當地商人當成倉庫使用，所以在收到報告前，都沒有人注意到那裡呢。」

因為如果不修復就難以禦敵，所以大家才覺得不需要勉強攻下那裡吧。在我們攻下那裡之前，解放軍的將領和貴族似乎都沒注意到那裡。

對泰蕾絲和阿爾馮斯來說，那裡是在他們出生前就已經廢棄的城寨，所以對那裡根本就沒印象吧。

「只要打通沙卡特和阿爾罕斯的交通，就能一起組成戰線對帝都施加壓力。聽說你也將那裡的街道整頓得相當完善。」

「因為沒發生什麼戰鬥，所以我很閒。」

在這次的進軍過程中，我幾乎沒有參與戰鬥。

頂多只有用「低周波治療器」魔法逼波佩克他們投降而已。

不對，仔細想想，波佩克先生的領地也在這個經濟圈內，他之所以刻意裝傻加入解放軍，並幫忙強化沙卡特的市區與城鎮……或許是因為他早就預見到這能為自己的領地帶來利益。若真是如此，那他還真是深不可測，至少他絕對不是個普通的前帝國軍精英份子。

「威德林，聽說你表現得非常活躍呢。」

「非常活躍？」

泰蕾絲正在阿爾罕斯的市政廳裡與大量的文件奮戰。

這裡既是直轄地又是大都市，所以占領並統治這裡後，當然會有一堆工作要處理。

再加上還得管理投降的俘虜，因此便產生了這麼多的文件。

「布蘭塔克先生是在整理文件嗎？」

「因為你們都不在啊……」

艾莉絲和伊娜離開後，擔任泰蕾絲護衛的布蘭塔克先生也被迫分擔一部分的工作。他是受過教育的知識分子，所以自然也能勝任這種工作。

難怪布雷希洛德藩侯會這麼重用他。

「那個……請問舅舅人呢？」

「我說這位太太，妳覺得那位導師會處理文件嗎？」

「呃……他應該偶爾還是會……」

艾莉絲缺乏自信地回答布蘭塔克先生的問題。

導師的確是會把工作推給別人後逃跑的類型，而被迫幫他工作的人應該也無法抱怨。

「他不是泰蕾絲大人的護衛嗎？」

「我記得是這樣沒錯……」

導師明明是泰蕾絲的護衛，卻沒待在她的身邊，這讓艾爾和遙露出不安的表情。

「在下在這裡喔！」
「出現啦——！」
導師突然現身，害艾爾嚇了一跳。
「在下一直在隔壁的房間待命。艾爾文少年，在下有好好執行護衛的工作！」
「原來如此，那為什麼你沒待在泰蕾絲大人的身邊？」
「那還用說。因為在下討厭文書工作！」
「一點都沒有想要隱瞞的意思呢……」
總是活得非常率性的導師的回答，讓遙驚訝得說不出話。大概是第一次看見像導師這樣的人，所以遭遇文化衝擊了吧。
「無論如何，各位能來真是太好了。大家分頭收拾這些文件吧。」
「我們也要幫忙啊！」
看來狀況真的很吃緊，於是我們被迫幫忙檢查看得懂的文件。
當然，最終確認與簽名還是泰蕾絲的工作。
「阿爾馮斯先生不在呢。」
薇爾瑪發現阿爾馮斯不知何時消失了。
問過辦公室前的衛兵後，我才知道他跑去城裡辦事情了。
「不愧是我的知己，逃得真快……」

我邊檢查文件，邊讚嘆阿爾馮斯逃跑的速度。

因為那正是我現在最需要的技能。

「話說回來，讓我這個外國人看這些文件沒問題嗎？」

「你是指情報可能會洩漏出去嗎？」

泰蕾絲似乎聽見了我的自言自語，並反過來向我問道。

「唉，大概就是這樣。」

「即使這些文件上的資訊在戰後外流到王國，也會因為過時而派不上用場。再怎麼說，本宮也不至於把洩漏出去會很危險的文件交給你們處理。」

看來她還是有考慮到這方面的事。

「當然，如果威德林留在帝國當本宮的夫婿，就有更多機會接觸到最重要的機密情報了。」

「泰蕾絲大人，這裡寫錯了。」

「泰蕾絲大人，這份文件的預算項目的加總加錯了。還有這份收據有點可疑，最好警告一下提交者。」

由於泰蕾絲又開始勾引我，艾莉絲和伊娜將有錯的文件遞到她面前阻止她。

「你們真是莫名地優秀呢。」

艾莉絲原本就是完美超人，所以文書作業方面也很完美，而透過這場內亂，我們也發現伊娜其實非常擅長這類型的工作。

「呃……因為是七加五，所以這裡要進位……咦？對得起來呢？這樣反倒讓人擔心，再算一次好了……」

反過來講，靠感覺生活的露易絲，一看到大量文件就會苦不堪言。

果然不管什麼事都有所謂的適合與不適合。

「卡特琳娜，這裡錯了。」

「真奇怪。」

卡特琳娜處理文件的速度很快，但經常失誤。

反倒是薇爾瑪雖然動作慢，但幾乎不會犯錯，還經常指出卡特琳娜的錯誤。

這兩個人的性格正好相反，不過或許是一對好搭檔。

「雖然我知道偶爾也必須做這種工作……」

「艾爾先生，加油吧。我晚點會做麻糬給你當點心。」

「嗯，遙小姐，我會加油。」

只有艾爾和遙沉浸在不同的世界裡。

基本上，遙非常擅長激勵艾爾工作。

儘管已經被妻子吃得死死的，但艾爾本人並沒有自覺，所以沒問題。

「（這就是懂得尊重丈夫並巧妙加以操縱的女性嗎……）」

我在心裡感到佩服。

在那之後過了約一個小時，我們總算整理完文件，開始邊吃點心邊和泰蕾絲聊天。

「雖然做得不是很好……」

我們吃的點心，是遙按照約定做的麻糬。

儘管製作者非常謙虛，但這些麻糬一點都不比店裡賣的商品遜色。

「遙小姐，這個點心不會太甜又好吃呢。」

「是嗎，這樣我就放心了。」

「遙小姐做菜和做點心的技術都非常好，所以我一點都不擔心。」

這兩個人一起吃東西的樣子，簡直就像是一對新婚夫妻。

我看向泰蕾絲，發現她正露出非常羨慕的表情。

我決定當作沒看見。

「豆沙麻糬和鹹麻糬都很好吃呢。」

「雖然我本來還擔心在甜食裡加入鹹味會變什麼樣子，但這甜鹹的口味會讓人上癮呢。」

露易絲也對第一次吃的鹹麻糬感到非常滿意。

「話說沒有草莓麻糬嗎？」

「咦？」

「草莓搭配麻糬？」

我的問題，讓艾爾和遙大吃一驚。

對那兩人而言，麻糬與草莓似乎是完全不搭調的東西。
「聽起來真奇怪，這兩樣東西可以混在一起嗎？」
雖然伊娜擔心味道會很怪，但其實我非常清楚。
草莓配麻糬才是最棒的組合。
儘管和日本的草莓相比，這個世界的草莓可說是又小又酸，但這樣吃起來應該更加爽口。
「既然鮑麥斯特伯爵大人做出這樣的命令……」
麻糬的材料還有剩，我的魔法袋裡也還有一些草莓。
遙遵照我的命令，開始製作草莓麻糬。
「真擔心味道如何。」
導師罕見地表示擔心，但他就算吃了有點難吃或腐壞的東西應該也不會拉肚子，所以我覺得他的擔心沒什麼意義。
「完成了。」
「威德林先生，真的沒問題嗎？」
卡特琳娜擔心地吃了一口麻糬，因為是甜食，所以她沒有抗拒。
她不是想減肥嗎？
我只擔心這點。
其他人也一起開始試吃，但起初的不安馬上就消失無蹤。

大家都對草莓麻糬的味道讚不絕口。

「親愛的，這好好吃喔。」

「咦？明明是奇怪的組合，味道卻很棒呢。」

擅長料理的艾莉絲和遙，都對草莓麻糬的味道讚譽有加。

「威爾，真虧你能想出這種組合。」

「真是不可思議。」

「呵。我可是受到食物之神的眷顧。」

露易絲和薇爾瑪也佩服地吃著草莓麻糬。

雖然只是單純的抄襲，但沒被發現就不算抄襲。

而且只要說是神的啟示，這個世界的人就很容易相信。

正好適合用來當蒙混的藉口。

「比起這個，不是要來談之後的事情嗎？」

對甜食沒什麼興趣的布蘭塔克先生開口提醒大家，這麼一來，我們總算能從泰蕾絲那裡聽到今後的方針了。

「這點心真好吃。」

「泰蕾絲大人。」

泰蕾絲本人將所有精神都集中在草莓麻糬上，甚至沒聽見布蘭塔克先生向她搭話。

「進攻帝都前，必須盡可能召集多一點軍隊。紐倫貝爾格公爵一定已經做好萬全的準備，在中途等待我們。」

紐倫貝爾格公爵似乎打算靠自己擅長的野戰取勝，所以在泰蕾絲攻下阿爾罕斯後送了挑戰書過來。

「紐倫貝爾格公爵不擅長守城嗎？」

「應該是因為野戰能比較快分出勝負吧。」

現在已經快到春天，所以他希望能儘早結束內戰，重建國家。

關於這點，雙方都持相同的意見。

「既然這麼想，那一開始就別發動政變啊！」

嘴裡塞滿草莓麻糬的導師，開口批評紐倫貝爾格公爵的不是。

「現在說這個也太晚了。在抵達帝都前，會經過幾個能夠進行大規模會戰的平地，他應該就在那裡嚴陣以待吧。」

紐倫貝爾格公爵先前之所以想方設法地溫存子弟兵的戰力，並消耗構成解放軍主力的菲利浦公爵家諸侯軍和瑞穗伯國軍的戰力，就是為了這個目的。

「雖然他也因此被當成棄子的貴族們怨恨。」

不僅被當成消耗品，還承受了不少損傷，也難怪他們會怨恨紐倫貝爾格公爵。

不過他們只要公開抱怨就會被剷除。紐倫貝爾格公爵之所以將精銳集中到帝都周邊，有一部分的原因也是為了牽制他們吧。

「本宮這邊也做了不少準備。為了預防遭到背叛，紐倫貝爾格公爵應該不會依靠子弟兵以外的戰力。」

「唉，雖然我們這邊也沒資格說別人。」

布蘭塔克先生說得沒錯，受到內戰的影響，兩個勢力內部都有許多見風轉舵的貴族。因為關係到家族的存亡，所以大家都想看清誰會是勝利者，那些參加解放軍的貴族，有一半以上都靠不住。

儘管解放軍的人數已經超過反叛軍，但視戰況而定，他們隨時都有可能背叛。

「即使如此，等重新組織好解放軍後，我等還是不得不前往帝都。」

既然遲早必須一決勝負，這也是當然的行動。

「這樣啊，加油吧。」

「威德林，你願意支持本宮嗎？」

「雖然我會參戰，但我、布蘭塔克先生和導師，光是應付師傅就竭盡全力了。」

既然紐倫貝爾格公爵將認真應戰，那塔蘭托不可能不參戰。

他也沒理由不使用「英靈召喚」，叫出曾將我們逼入絕境的師傅。

「我們必須打倒師傅。這個工作不能交給其他人。」

「你的師傅啊……雖然他無法反抗紐倫貝爾格公爵，但真是個恐怖的強敵。」

「所以我們下次一定要打倒他。要是再被他逃跑，事情會變得很棘手。」

不能再讓紐倫貝爾格公爵繼續利用師傅了。
為了這個目的，我們必須打倒師傅，讓他重新回到天國。
「王國軍組就交給菲利浦和克里斯多夫指揮，我們要與師傅一決勝負。」
「沒錯。如果想打倒艾弗，下次就是最好的機會。」
「上次對方占據了壓倒性的優勢！即使是艾弗烈，多少還是會因此掉以輕心！」
我們已經擬定好對策，所以應該不會像上次那樣陷入苦戰，但要是不趁這個機會打倒師傅，或許他之後又會使出什麼厲害的魔法壓制我們。紐倫貝爾格公爵也可能會再準備新的魔法道具，所以必須做好這次一定要打倒他的覺悟。
「若讓師傅闖入戰場，一定會對解放軍造成不利。我們三人一定要打倒師傅。沒有餘力支援其他地方。」
「本宮明白了。一般的魔法師根本不是他的對手。威德林就照自己的意思去做吧。」
泰蕾絲允許我們單獨行動。
「抱歉。」
「這不算什麼，威德林對本宮來說非常重要，所以本宮無法容許你的恩人在死後還被人利用，更何況利用他的人還是紐倫貝爾格公爵……本宮也沒想到馬克斯會做到這種程度。」
「……」
雖然我很感謝泰蕾絲的體諒，但這段話讓我感到有點不對勁。

既然不惜發動政變也想成為一國之主，那當然會盡可能利用一切。我是基於個人因素對紐倫貝爾格公爵的行為感到憤怒，但身為為政者，有時候本來就必須採取冷酷無情的作戰。

莫非泰蕾絲缺乏身為為政者的覺悟？

雖然我突然產生這樣的想法，但現在不是思考這種事的時候，所以我暫時壓下內心的疑惑。

「等準備完畢後，就進軍帝都吧！」

兩天後，幾乎出動所有兵力的十五萬名解放軍，在帝國最大的穀倉地帶席納平原，與紐倫貝爾格公爵指揮的約九萬名反叛軍對峙。

「那個笨蛋！居然想在帝國規模最大的穀倉地帶開戰？」

紐倫貝爾格公爵選在冬麥尚未收成的時期發動大規模的會戰，讓泰蕾絲大為震怒。因為如果收穫量變少，農民們一定會怨聲載道。

「紐倫貝爾格公爵……你到底在想什麼？」

泰蕾絲看著反叛軍的大本營說道。

＊　＊　＊

「泰蕾絲聚集了不少人呢。」

本來以為都是些烏合之眾，但看起來比想像中團結。

這麼一來，果然只能用後備方案了嗎？

就在我這麼想時，一名男子以爽朗到令人不悅的聲音向我搭話。

「你覺得會輸嗎？」

解放軍陣營，有鮑麥斯特伯爵那些人在。

雖然讓塔蘭托召喚了在之前的戰鬥中將他們逼入絕境的艾弗烈・雷福德，但他表現出來的態度還是一樣。即使現在必須服從我們，但只要一有機會，他就會反抗吧。

「我做好了不敗的準備。你才是下次應該能贏過鮑麥斯特伯爵他們吧？」

「只能順其自然了。」

可惡的傢伙，這樣根本就不知道會不會贏吧。

「這句話是什麼意思？」

「我無法違背塔蘭托的命令，只能全力應戰，但就像我之前說的那樣，我是不會進步的死人。因為是死人，所以關於上次的戰鬥，我也只記得自己贏了。」

「我曾聽塔蘭托說過，死者的記憶似乎非常模糊。」

不過據說也有人記得非常清楚。這傢伙也有可能是在說謊。

「因此死者無法藉由戰鬥成長，只能依靠生前的經驗戰鬥。上次的戰敗經驗，應該已經讓威爾他們變強了。所以我無法斷言一定能贏。」

「給我贏，這是命令。」

「如果只要說『遵命』就能贏，那要我說幾次都行。」

你是個死人，就算輸了也沒關係，但塔蘭托是我重要的心腹，所以絕對不允許失敗。

「如果情況不對，你就撤退。」

沒必要勉強在這時候分出勝負。鮑麥斯特伯爵在解放軍內的影響力逐漸增加，但只要有塔蘭托在就能牽制他。要是因為太過勉強而失去塔蘭托，那才真的是無可挽回。

「叫我自己找機會撤退嗎？對即將展開死鬥的人來說，這命令實在太亂來了。有時候即使想撤退也辦不到啊。」

「少囉唆，我可是軍人，和你們這些魔法師或冒險者不同。」

我才不在乎你們個人的心情。

「我會努力完成命令。那麼，就先這樣吧……對了，那個男人還好嗎？就是那個調整『木偶』等發掘品的——」

「吵死了！快給我出發！」

我忍不住大聲打斷他。

不過這個男人，怎麼會知道我隱藏的王牌？

他在被召喚出來後，可以說是和塔蘭托處於同化狀態。

所以他能夠知道塔蘭托知道的事情嗎？

我對魔法不熟，所以不怎麼清楚這方面的事情。

「不准給我多嘴。你只要負責打倒鮑麥斯特伯爵他們就好。」

「我會盡力而為。那麼，先暫時將身體還給塔蘭托吧……」

「為什麼要特地變回來？」

「陷入混戰的戰場是個恐怖的地方。只要一不小心就可能喪命。所以讓存在感稀薄的塔蘭托移動會比較輕鬆。」

艾弗烈說完後，就恢復成塔蘭托的樣子。不對，做決定的人應該是塔蘭托。

「那麼，我先告辭了。」

說完後他……不對，塔蘭托就前往前線，尋找鮑麥斯特伯爵等人。

雖然這不是最終決戰，但也算是中段戰。

後續的事情就交給塔蘭托，我為了自己的目的，開始專心指揮軍隊。

＊　＊　＊

「菲利浦大人，克里斯多夫大人，王國軍組就交給你們指揮了。」

既然師傅很可能會上前線，我根本沒空指揮軍隊。

我委託兩人幫忙指揮王國軍。

「他有出現在前線嗎？」

「呃……布蘭塔克先生？」

「嗯，反應很強烈。那是艾弗的魔力和奇妙的魔力混合在一起後，產生的奇特反應。他果然到前線找我們了。」

布蘭塔克先生察覺師傅的反應，這樣就無法迴避戰鬥了。

「威爾，只有你們三個人會不會太勉強？還是我也一起……」

「雖然我很感謝你的心意，但不能再把貴重的戰力消耗在師傅身上了。艾爾就聽從那兩人的指示吧。」

「我知道了。」

拒絕艾爾的幫忙後，我們三人一起前往前線。

解放軍和反叛軍雙方的大軍，都在尚未收成的廣大麥田裡布陣。

小麥被殘忍地踐踏，之後可能必須另外補償農民。

我腦中浮現必須負擔這筆費用的泰蕾絲不悅的表情。

「這次紐倫貝爾格公爵似乎也會參戰。」

布蘭塔克先生諷刺地說他這次沒有逃跑。

反叛軍和解放軍都將大軍分成三軍，以幾乎相同的陣形準備進行激烈的戰鬥。

「率領右軍的是巴登公爵公子，率領左軍的是雷梅伯爵。雖然擔心他們能否好好合作，但我們現在也沒空理會他們！」

巴登公爵公子應該不會重蹈覆轍，而雷梅伯爵似乎曾是帝國軍的將軍，只是後來為了繼承爵位，才辭退軍職返回老家。

正因為他是個優秀人物，泰蕾絲才會把其中一支軍隊交給他指揮。中央是由泰蕾絲親自指揮，而且還有瑞穗伯國軍在。雖然菲利浦他們也在那裡，但王國軍人數不多，艾爾的經驗也尚淺，所以應該不會亂來。

「突擊！」

「應戰！」

儘管兩軍開始戰鬥，但感覺像是在觀察彼此的動向，並沒有做出太大的動作。

在這樣的混亂中，那個男人又一次靜靜地從敵軍陣營走向這裡。

和上次一樣，解放軍的士兵全都沒攻擊塔蘭托。

塔蘭托是個散發詭異氣氛的優秀魔法師，即使輕率地攻擊他，普通的士兵只要一被反擊就必死無疑，所以不能隨便出手。

「鮑麥斯特伯爵、布蘭塔克、阿姆斯壯導師，你們將死在這裡。」

「會死的人是你吧。」

「看來你們只有耍嘴皮子厲害。那麼，我就再次召喚那個男人吧。」

藍白色的光芒包圍塔蘭托，然後師傅再次現身。

師傅和我們在兩軍交戰的地方，亦即戰場的正中央再次交鋒。

「老師，你變得精悍不少呢。」

師傅發現布蘭塔克先生的臉在經過嚴格的鍛鍊後，變得比之前消瘦。

「這只是老人家無謂的掙扎。身為天才的艾弗不需要在意。」

「很可惜，我還是會警戒您。因為老師是個不可大意的對手。克林姆和威爾也一樣……這次就來速戰速決吧。我也補充了那個魔法道具。因為數量稀少，所以只剩兩個了……」

師傅將兩個「木偶」扔到地上。木偶跟之前一樣變成師傅的樣子，各自與布蘭塔克先生和導師對峙。

「伯爵大人，我和導師負責對付這兩個人偶。雖然不曉得導師的情況如何，但我光是阻止艾弗的木偶就費盡全力了，所以和之前一樣只能對付一個。」

「這樣就夠了。」

「這次在下不會再大意了！」

上次因為太過大意而吃虧的導師，在那之後也經過嚴格的鍛鍊，我們抱持這次一定要贏的決心，開始和師傅的木偶戰鬥。

在雙方大軍激烈衝突的戰場正中央，產生了一塊只屬於我們的區域。

這是因為如果隨便靠近……

「「「「「「「「「唔哇！」」」」」」」」」

「抱歉，是流彈。」

布蘭塔克先生朝木偶施放魔法，但木偶輕鬆躲開……本來以為是這樣，結果那個魔法居然在後方的敵軍陣營引發爆炸。

「……老師？您是故意的吧？」

「艾弗，我好傷心。你居然懷疑自己的師傅。因為我是個比艾弗差勁的魔法師，所以我的魔法才會連木偶都打不中啊。」

雖然有進一步鍛鍊過，但布蘭塔克先生即使是面對師傅的木偶，勝算還是不高。

所以他選擇了全力爭取時間，等待木偶自己停止的作戰。

我們在上一次的戰鬥中，已經確認木偶能運作的時間有限。

而且師傅還有另一個弱點。

嚴格來講，這個師傅並非師傅本人。

因為他無論如何都必須優先服從塔蘭托的命令，所以無法容許後方的紐倫貝爾格公爵家諸侯軍出現損害。

「木偶！擋下來！」

在反叛軍陣營連續挨了好幾記攻擊魔法後，木偶開始用「魔法障壁」防禦布蘭塔克先生的魔法。

「『火蛇』胡亂射擊！」

「克林姆，你也來這招？」

「在下也只是施放的魔法碰巧擊中後方的敵軍而已。」

導師也胡亂發射「火蛇」，在紐倫貝爾格公爵家諸侯軍的各處引發爆炸。

「敵軍陷入混亂了！放箭！」

指揮王國軍的菲利浦沒有放過這個破綻。

他對混亂的敵軍放箭，擴大敵軍的損害。

「木偶，接下來開始防禦。」

中計了。

因為師傅果然必須優先服從塔蘭托的命令，所以無法充分發揮實力。

若師傅能夠自由行動，應該會無視紐倫貝爾格公爵家諸侯軍，以最有效率的方式將我們逼入絕境。

簡單來講，塔蘭托的存在，反而讓師傅變弱了。

現在兩具木偶必須用「魔法障壁」擋下布蘭塔克先生和導師施放的所有攻擊魔法，這會讓它們消耗魔力的速度變得更快。

『艾弗的弱點，就是並非獨自應戰。』

『他無論如何都必須優先服從塔蘭托的命令。』

『塔蘭托是紐倫貝爾格公爵養的狗！而狗對主人忠心耿耿！』

我們三人討論過後，決定採取這樣的戰術。

「然後威爾要和我單挑嗎？不過，你贏得了我嗎？」

「贏得了。我必須贏。如果贏不了就會死。只是這樣而已。」

面對師傅時絕對不能猶豫。

而另外一個重點。

就是不能按照師傅的節奏戰鬥。

我有一個地方贏過師傅。

那就是魔力量，所以與師傅戰鬥時，我必須活用這一點。

我愈是想要巧妙地戰鬥，就愈是容易被師傅玩弄在手掌心。

如果師傅想冷靜地化解我的攻擊，那我就只能施展宛如大洪水般的魔法讓他無法招架。反正即使正面進攻，遲早還是會落敗。

「我要上了！」

首先，我朝位於師傅後方的紐倫貝爾格公爵家諸侯軍發射大量的「火球」。

如果只有師傅一個人，應該能全部躲開節省魔力，但塔蘭托無法容忍紐倫貝爾格公爵家諸侯軍出現損害，所以不只是「魔法障壁」，他還放出大量「冰彈」抵銷了「火球」。

我增強了其中幾顆「火球」的貫穿力，但都被師傅以增厚的「魔法障壁」擋下。

雖然可以透過只將部分的「魔法障壁」增厚來節省魔力，但由於還必須替同伴擋下大量的「火球」，因此就算是師傅也沒有那個餘裕。

「這樣就行了。」

總之不能讓師傅掌握主導權。

不斷搶先攻擊逼師傅防禦，一點一點地消耗他的魔力。

雖然師傅能透過之前那顆巨大魔導飛行船的魔晶石補充魔力，但我不會給他機會。

布蘭塔克先生和導師，也幫忙牽制了可能會礙事的木偶。

因為這已經是第二次，所以兩人都熟練地與木偶戰鬥。

「威爾，你這招有點粗暴呢。」

我無視向我搭話的師傅，持續放出大量「火球」。

不管再怎麼粗暴或強硬，這都是對現在的師傅最有效的戰術。

即使有能力直接躲開魔法，師傅的魔力還是因為必須保護後方的同伴而逐漸減少。

我的魔力量比較多，所以只要能像這樣耗盡師傅的魔力……不，應該不會那麼順利吧。

「唔！」

因為突然感覺到一股殺氣，我用力扭轉身體，接著側腹傳來一陣劇痛。

師傅突然移動到我面前，用魔法劍貫穿了我的「魔法障壁」。

儘管避開了要害，但側腹還是被砍到了。

「為什麼你能用移動系統的魔法？」

這已經是我第二次體驗到這種劇痛。我試著向師傅發問爭取時間，同時單手按住傷口施展治癒魔法。

「只是碰巧吧？」

「怎麼可能。」

受到之前那個裝置的影響，現在應該無法使用移動系統的魔法。然而師傅卻瞬間移動到我面前。

這本來是不可能發生的事情。

「這是我特別保留的『消除器』，但看來再用一兩次就會壞掉。」

師傅手裡拿著一條像黑寶石項鍊的鍊子。從「消除器」這個名字來看，那個魔法道具應該能夠消除對移動系統與通訊系統魔法的妨礙。

那大概也是後人挖掘出來的古代魔法文明時代的魔法道具。

「……」

「師傅，你是不是沒想到會消耗這麼多魔力？」

在跟師傅說話的期間，我也不斷發射「火球」。

我的「魔法障壁」非常完美，側腹的傷口也逐漸恢復。

看來和導師與布蘭塔克先生進行模擬戰鬥，嘗試在實戰中同時使用多種魔法的訓練奏效了。和之前與骸骨龍戰鬥時相比，我確實進步了。

「威爾，這是克林姆和老師教你的嗎？」

「是的。」

「這讓我有點嫉妒呢。畢竟看出威爾的才能，替你進行基礎訓練的人是我。感覺就像是可愛的弟子被別人搶走了。」

師傅放出的「冰彈」瞬間變大好幾倍，打破我的「魔法障壁」。

明明之前都能好好擋下來，剛才卻有幾發「冰彈」貫穿「魔法障壁」打傷我的身體。

不過我並沒有受重傷。因為我也有進行閃躲魔法的訓練。

此外我還發現一件更重要的事。

「（師傅放棄節約魔力了？是因為弟子被搶走，所以氣昏頭了嗎？）」

不對，不可能。師傅不可能因為這種事情失去理智。

那麼是為什麼？

「原來是這樣！」

我用一發威力特別強的「風刃」貫穿師傅展開的「魔法障壁」。

師傅不得不躲開，而我也藉此阻止了他的行動。

「……被發現啦。」

師傅打算像之前那樣，從魔法袋裡拿出巨大魔晶石補充魔力。

雖然他的表情毫無變化，但他稍微瞄了導師和布蘭塔克先生一眼。

因為之前還能拿來對付他們的木偶，這次完全反過來被壓制。

「木偶果然只是木偶。能夠奏效一次就算很好了……不對，如果是一般的魔法師，應該無法一次就看穿木偶的戰鬥力……」

師傅停止朝我發射「冰彈」。

不過我仍持續發射「火球」。雖然我的魔力也快見底了，但還是比師傅有餘裕。和上次相比，我的魔力量也稍微增加了。

我的魔力量不可能輸師傅，所以接下來……

「唔！」

就是要連續攻擊，我繼續對師傅使出「風刃」。

我放出的「風刃」再次貫穿師傅的「魔法障壁」，並稍微擦傷他的右手背。儘管那不是什麼大不了的傷害，但這樣就夠了。只要能夠防止師傅從魔法袋裡拿出之前那顆巨大魔晶石就行了。

即使遍體鱗傷，但我總算將師傅逼到這個地步了。

再來就只剩下和師傅一決勝負。

若這次被他逃掉，塔蘭托就能補充魔法道具和擬定對付我們的策略。

必須在他使用「消除器」逃跑前縮短距離，給他致命的一擊。

遠距離的魔法不可能有效，必須做好與師傅正面衝突的覺悟，使出剩下的所有魔力，用魔法劍打倒他。

只剩下這個方法了。雖然我也有可能遭到反擊，但不能再讓他逃跑了。

我放棄保留魔力，打算盡可能逼近師傅後再從魔法袋裡拿出魔法劍攻擊……就在我這麼想時，師傅對我露出笑容。

「師傅？」

「你想用光剩餘的魔力，和我一決勝負對吧？」

「（被發現了……）」

「這是個好主意。我也贊成這麼做。威爾，這將是我們最後的對決！『這怎麼行！快點撤退！』」

師傅剛才用同一個聲音提出兩個相反的意見。

難道師傅違背了塔蘭托的命令？

「『聽我的命令……！』果然和我想的一樣。」

「這是怎麼回事？」

「召喚死者並加以操縱的魔法，不可能沒有任何風險。被召喚者愈強，就愈難以控制。塔蘭托本人在至今的戰鬥中也消耗了大量魔力。我發現他剩下的魔力愈少，對我的控制就愈弱。因為缺乏關於『英靈召喚』的知識，所以害我費了一番工夫呢，但看來我還是無法違反最根本的命令。所以就在這裡一決勝負吧。」

『艾弗烈——！』

「我和你的交情，應該沒好到能直接叫名字的程度吧。不用擔心。我會使出全力和威爾戰鬥。畢竟這不是師傅在測試弟子的實力，而是我艾弗烈・雷福德，想知道威德林・馮・班諾・鮑麥斯特這個人的實力。塔蘭托，你就放心地旁觀吧。雖然要是我輸了，你也會跟著喪命。」

『艾弗烈──！』

塔蘭托用師傅的聲音咒罵師傅。

「時間寶貴，我們開始吧？明明上次還能輕鬆打敗你，沒想到這麼快就被你追上了。」

『艾弗烈，你這傢伙！』

「上次的戰鬥讓人印象深刻。我明明是死者，卻還清楚地記得。不過我也沒義務告訴你們這件事。」

師傅刻意用和上次相同的戰術戰鬥，這麼一來，我們贏的機率就會大幅提升。

『現在立刻使用「消除器」撤退！』

「我拒絕。鮑麥斯特伯爵他們是強敵，而且他們在解放軍內部的影響力也逐漸增加。為了剷除他們，消除反叛軍的後顧之憂，我必須戰鬥才行。」

『可惡──！木偶──！』

「沒用的。區區我的複製品，不可能贏得了老師和克林姆。」

雖然塔蘭托想呼喚木偶幫忙爭取逃跑的時間，但關鍵的木偶已經開始冒煙。兩人的對策奏效，讓木偶能活動的時間變得比上次還短。

「在下馬上就讓這個廢物停下來！」

「只要堅持下去，意外地有勝算呢。」

冒煙的木偶看起來彷彿隨時會停止，這讓塔蘭托變得更難逃跑。

『艾弗烈——！』

「我才不理你呢。你的詞彙量真是少到令人失望。那麼，我們開始吧？」

我從魔法袋裡拿出魔法劍，做出火屬性的劍身。

劍身的形狀是參考瑞穗刀。

師傅拔出原本插在腰間的魔法劍，做出冰劍。

我們舉起魔法劍，互相對峙。

「這真的是最後一戰了。不論誰輸誰贏，都不能怨恨對方喔。」

「好的。」

師傅明明沒剩多少魔力，散發出來的魄力卻依然驚人。

但我也不能退縮。到了這個地步，無謂的假動作或遮蔽視線的魔法都沒有意義。

前進啊，威德林！這時候退縮一定會輸！

即使被師傅的攻擊貫穿身體，也要往前揮劍。

這與技術無關。事到如今，只能拚一口氣貫穿師傅的要害了。

「我要上了！」

「放馬過來吧！」

我把剩下的所有魔力都用在加速上，將魔法劍對準前方衝向師傅。

就像是再次拜託師傅陪我訓練一樣。

「居然還能使出這樣的速度！」

「這樣我的魔力就真的用光了。」

「是嗎……我也一樣。」

雙方的身體激烈衝突，我的左肩再次傳來劇痛。

看來我似乎幸運避開了師傅瞄準心臟的攻擊。

雙手傳來攻擊命中的觸感，我試著確認自己刺中了師傅的哪裡……

「威爾，幹得漂亮。」

我的最後一擊貫穿了師傅的心臟，師傅直接朝我倒下。

「師傅！」

要害被貫穿的師傅，似乎已經無法動彈，我急忙讓他躺到地面。

「不好意思啊，威爾。」

「師傅！」

「其實我不會痛。因為死掉的人是塔蘭托，我早就已經是死人了。雖然沒辦法動倒是真的……」

師傅看起來的確不像有感到痛苦，但偶爾會像是有雜訊般，變成塔蘭托的樣子，而且變化的間隔還愈來愈短。

「可惡的垃圾，別妨礙在下！」

「木偶無法單獨行動啊……這樣就結束了！」

塔蘭托一死，接著木偶就變得無法動彈，導師和布蘭塔克先生在破壞完木偶後，也跟著趕過來這裡。

「塔蘭托大人被打敗了！」

「可惡！幹掉鮑麥斯特伯爵他們！」

「「「「「「了解！」」」」」」

一發現塔蘭托死了，原本怕被魔法波及的紐倫貝爾格公爵家諸侯軍就開始發動攻擊。

只要能趁我們因為打倒塔蘭托而鬆懈時解決掉我們，就能讓戰況變得對反叛軍有利。

「別想得逞！」

「「「「「「唔哇——！」」」」」」

但卡特琳娜用「龍捲」魔法阻止了他們。

「菲利浦先生！」

「喔！王國軍！上前填補空缺！要是讓贊助者死掉，我們又得回去過貧窮的生活了！」

艾爾和菲利浦指揮的王國軍，填補了因為與師傅的戰鬥而不自然地騰出的空間。

「快前進，保護鮑麥斯特伯爵他們！」

「把敵軍推回去！」

瑞穗上級伯爵和泰蕾絲也派出援軍推進前線，我們的周圍再次回歸寧靜。

「親愛的，我馬上替您治療！」

「威爾，你還好吧？」

「不可以太亂來喔。畢竟威爾不像我這麼擅長近身戰。」

「威爾大人，這種事是我的工作。」

艾莉絲她們也趕了過來，大家一起圍繞在師傅周圍。

「威爾，你必須快點接受治療。」

「師傅呢？」

「親愛的，死者無法接受治療……」

艾莉絲一臉愧疚地對我說道。

「威爾，不可以讓美麗的女性露出那種表情喔。我以前沒辦法教你這方面的事呢……畢竟你當時還只是個孩子。『英靈召喚』的效果馬上就會消失，我將再次回歸上天。要是接受治癒魔法的治療，身為死者的我立刻就會消失。」

既然塔蘭托已死，那麼師傅遲早也會消失。

「這幾位小姐都很漂亮呢。」

師傅看著艾莉絲她們說道。

「她們是我的妻子。」

「真厲害，看來你已經超越我了。」

「師傅……」

師傅連這種時候，都因為顧慮我的心情而刻意開玩笑。

我再也說不出任何話。感覺只要一開口，眼淚就會掉下來。

「威爾，我早在十多年前就已經死了。雖然我很抱歉害你們遭遇生命危險，但能見到變得如此出色的你，真的讓我覺得很開心。」

「……」

不行，如果不拚命忍耐，我真的會哭出來。

「老師，克林姆。不好意思，還麻煩你們幫忙鍛鍊威爾。」

「沒關係啦，這真不像你會說的話。反正我最近剛好運動不足。」

「在下也重新認識到自己的不成熟！艾弗烈無須在意！」

雖然布蘭塔克先生和導師看起來一如往常，但我覺得他們好像也快哭出來了。

「已經沒時間啦……」

「你已經要消失了嗎？」

「克林姆，你明明是貴族，但真的一點都不懂得察言觀色呢。唉，雖然正因為你是這樣的人，我們才能成為朋友……」

對不喜歡王公貴族的師傅而言，導師似乎是唯一的例外。

「至少在最後，喝一點好年份的紅酒吧！」

說完後，導師從魔法袋裡掏出紅酒，沒拔栓就直接用手刀砍斷酒瓶口。

「真符合你的作風。老師也要喝嗎？」

「難得有這個機會，我就不客氣了。剛好我最近喝酒比較節制。」

「真令人意外。」

「囉唆。」

導師滴了一點酒到師傅嘴裡，然後自己也灌了一口。

接著布蘭塔克先生也喝了一口，他把酒瓶傳給我後，我也跟著品嚐了一點。

「怎麼樣？味道如何？」

「不知為何，我對這味道非常熟悉。在好年份的酒當中，這應該算是中間等級吧？話說這瓶酒不是我的收藏品嗎？」

雖然不曉得原理，但明明塔蘭托已經死了，師傅依然能品嚐得出酒的味道。

「你猜對了！因為這瓶酒是鮑麥斯特伯爵送的！」

為了感謝導師平常的照顧，我的確有送過他紅酒，但其實也能算是被他硬搶的。

「威爾，你要小心別讓貪心的克林姆或是老師，把你收藏的酒全部搶走喔。」

「真是個過分的朋友！」

「真是個過分的弟子呢。」

三人一起大笑，我也跟著輕聲笑了出來。

雖不曉得是什麼樣的機緣，但既然我們久違地重逢，我希望至少能用笑容送師傅最後一程。

我學布蘭塔克先生和導師露出笑容。

「雖然遺憾，但我馬上就要消失了。」

然後，最後的時間終於來臨，師傅的身體已經完全變透明。

「幾十年後，就要換我向威爾學習魔法了吧？威爾就拜託各位照顧了。」

說完這句話後，師傅就徹底消失了。眼前只剩下面無表情又缺乏存在感的塔蘭托的屍體。

「威爾，雖然我不曉得這種時候該說什麼才好……」

「威爾的師傅，在看到威爾的成長後一定非常滿足。」

「謝謝你們，伊娜，露易絲。我已經不傷心了。」

比起悲傷，我現在更對紐倫貝爾格公爵感到生氣。

不惜愚弄死者也要建立新的帝國？這根本是一場鬧劇。

我從魔法袋裡取出備用的魔晶石，開始補充魔力。

雖然只補充了不到四分之一的魔力，但這樣應該就能重新上前線了。

「戰鬥還沒結束。艾爾和菲利浦的負擔太重了。我們上前線吧。」

「好，我陪你一起去。」

「我也要去。」

伊娜和露易絲一起點頭，卡特琳娜和薇爾瑪也表示同意。

「我會專心治療傷患。」

艾莉絲也說要重新回到後方幫忙治療，就在我們準備開始反擊時，前線似乎發生了什麼騷動。動搖的氣氛甚至傳到了這裡。

「鮑麥斯特伯爵大人！」

「遙，怎麼了？」

遙趕來這裡傳達消息，我詢問她發生了什麼事情。

「紐倫貝爾格公爵有大動作了！他重新整編所有軍隊，一齊對雷梅伯爵率領的左軍發動攻擊！」

「嘖！是因為塔蘭托死了嗎？」

布蘭塔克先生忍不住咋舌。我們本來打算展開反擊，這下氣勢都被削弱了。

「快去救援左軍！叫菲利浦重新整編王國軍。」

「遵命。」

紐倫貝爾格公爵的心腹塔蘭托的死亡，為戰況帶來極大的變動。

＊　＊　＊

「塔蘭托死了？」

「是的。他被鮑麥斯特伯爵打倒了。」

「鮑麥斯特伯爵真是好大的狗膽！」

怎麼可能！

塔蘭托為什麼不逃跑？

明明只要你還活著，就能對解放軍和鮑麥斯特伯爵造成威脅……

不過為已經過去的事情哀嘆也沒意義。即使解放軍在數量方面占據壓倒性的優勢，我率領的紐倫貝爾格公爵家諸侯軍也不會輸給他們。雖然有三分之一的士兵是由帝國軍偽裝，但帝國軍也都是精銳，不會輸給到現在還無法好好合作的解放軍。塔蘭托的死是個很大的損失，但並非致命傷。

幸好我早有遠見，留了三分之一的精銳在帝都。立刻傳達命令給他們，叫他們執行之前的計畫吧。

這裡就先暫時撤退。

不過背對敵人逃跑不符合我的個性。

「舉起紐倫貝爾格公爵家的大旗！」

「主公大人，您要舉起大旗嗎？」

「沒錯！當繡有紐倫貝爾格公爵家家徽的大旗被舉起時，我的精銳就會發揮真正的價值！」

泰蕾絲，雖然依靠鮑麥斯特伯爵打了幾場勝戰並徵集到許多士兵，似乎讓妳樂不可支，但我馬上讓妳見識到紐倫貝爾格公爵家諸侯軍真正的實力。

「重新整編所有軍隊，突擊敵方左軍。雖然我紐倫貝爾格公爵家諸侯軍的字典裡，不是沒有後退與撤退這兩個詞，但像這種時候，前進造成的犧牲反而比較少。」

「不攻擊右軍嗎？」

「右軍的年輕人已經吃過一次虧了，所以應該會嚴加防範。」

「可是雷梅伯爵以前也是個優秀的將軍……」

「他回領地繼承爵位，已經是幾年前的事了？他肯定會因為判斷力變遲鈍而出現破綻。趕緊重新整編軍隊。」

我讓所有軍隊一邊戰鬥，一邊重新編制。跟隨我的帝國軍也是經過嚴格訓練的精銳，重新編制的工作一下就完成，所有士兵一鼓作氣對敵方左軍發動攻擊。

「怎麼可能！敵人全軍都攻向這裡了！」

敵方左軍的前線指揮官慌張地大喊，但馬上就成為我軍箭雨的犧牲者。

我軍一口氣粉碎因為失去指揮官而陷入混亂的敵方左軍前線部隊，殺出一條血路，朝總司令雷梅伯爵的方向前進。

「主公大人，右側面有被敵方的中央軍突破的危險……」

「那部分我自有對策。大概是沉迷於新玩具的瑞穗伯國軍出現了吧。」

和我預料的一樣，率領中央軍的泰蕾絲，似乎命令瑞穗伯國軍攻擊我軍的右側。

「是之前的魔槍嗎？」

「準備盾牌！」

我們只要等粉碎敵方左軍後，再逆時針繞回帝都就行了。

雖然瑞穗伯國有魔槍，但我們也不是稻草人。他們難道以為職業軍人不會準備任何對策嗎？

如果瑞穗人真的這麼認為，那他們就是無可救藥的笨蛋。

「射擊！」

「盾牌部隊，只要專心防守就好。」

雖然我軍還無法製造魔槍，但裝備了能抵禦魔槍的大型盾牌。

反正不擅長近身戰的魔槍部隊不可能主動靠近。

只要用盾牌防禦槍擊就行了。

總之現在最優先的事情，就是攻擊敵方左軍。

要是在這裡拖太久，就會被泰蕾絲夾擊。

「可惡！魔刀隊！」

「瑞穗伯國果然在這時候亮出王牌了，不過……」

關於瑞穗伯國的另一個王牌「魔刀」，我也已經盡可能擬定了對策。

「魔劍隊！前進！不用勉強進攻，只要專心防守就好！」

帝國也有利用魔力增加銳利度的魔法道具「魔劍」。

即使性能遠遠不如魔刀，但還是有持續進行改良。

如果專心防守，那還有辦法應付，因為魔劍部隊的人數比魔刀使用者多。

「我們要在魔劍隊防守的期間，擊倒雷梅伯爵！」

集中攻擊敵方左軍後，我確認他們果然只是烏合之眾。所以才會派指揮能力優秀的雷梅伯爵來指揮，但這種作法將害他死在這裡。

「目標只有雷梅伯爵的首級！」

果然除了雷梅伯爵親自率領的部隊以外，都非常脆弱，我軍輕易就切入敵陣。

雷梅伯爵也拚命防守替援軍爭取時間，但只要擋下瑞穗伯國軍的腳步，就不可能來得及。

「去死吧！雷梅伯爵！新帝國不需要陳舊的貴族！」

我軍的前鋒，已經衝進保護雷梅伯爵的親衛隊當中。

「打敗雷梅伯爵的人，是我紐倫貝爾格公爵家家臣，歐葛特·芬古！」

看來我的家臣順利達成任務了。

失去指揮官的動搖，在敵方左軍中擴散，那支軍隊已經是一盤散沙，只能跟著各個不同的貴族潰散。

「再來只要前進就好！」

既然打倒了敵軍的高層指揮官，應該多少能填補失去塔蘭托的損失。

接下來就是別太貪心，專心逃跑。

留在帝都的部隊，應該有按照我的命令行動。

「敵方左軍已經是烏合之眾，只要排除擋路的傢伙就夠了。」

如同我的預料，混亂的敵方左軍完全沒對我軍出手。

因為我軍專心防守，所以瑞穗伯國軍的攻勢也沒造成多少犧牲。

「勉強算平手吧？」

「主公大人！」

「什麼事？」

「恕我僭越！」

「……？你說什麼？」

旁邊的魔法師一喊完，就突然張開堅固的「魔法障壁」。就在我感到納悶時，一陣藍白色的強光來襲。

藍白色的光芒在撞上魔法師的「魔法障壁」後，發出更加強烈的光芒。

「唔！快過來幫忙！我一個人撐不住！」

一旁的魔法師全都跑到我前面，張開更加堅固的「魔法障壁」，抵擋藍白色的強光。

「這是？」

「是無屬性魔法！而且威力居然這麼強！」

這樣我就明白了。雖然人在後方，但這一定是鮑麥斯特伯爵搞的鬼。因為我命令塔蘭托召喚他死去的師傅，所以他才這麼恨我嗎？

不過這威力真是強大，而且還只瞄準我一個人。

宛如長槍般的藍白色光芒，現在仍想貫穿魔法師們全力展開的「魔法障壁」刺穿我。

「唔！快叫支援！」

「唔哇——！」

位於藍白色光芒射程範圍內的我方將士全被消滅，在我前面拚命防禦的魔法師，也有幾名因為「魔法障壁」被貫穿而喪命。

可惡的鮑麥斯特伯爵！居然這樣對我紐倫貝爾格公爵家貴重的魔法師！

「威力這麼強的無屬性魔法，不可能一直持續下去！不想死的話，就快點過來幫忙防禦！」

在那之後過了約二十秒，推測是鮑麥斯特伯爵放出的藍白色光芒終於消失了。

「看來我保住了一條命。」

「是的。」

相對地，光芒射程範圍內的數十名將士，以及保護我的六名魔法師全都死了。

如果沒有他們的犧牲，我已經被鮑麥斯特伯爵殺死了。

「主公大人？」

「不要慌張！因為這點程度的事情就動搖的傢伙，沒資格待在我紐倫貝爾格公爵家諸侯軍內！」

幸好鮑麥斯特伯爵只瞄準我放出小範圍的魔法。拜此之賜，犧牲者比想像中還要少。若是使出能同時殺害我和殲滅軍隊的魔法，就算是鮑麥斯特伯爵的攻擊也會被輕易擋下。看來他雖然因為師傅的事情生氣，依然十分冷靜。

「魔法是從高空飛過來……這表示鮑麥斯特伯爵是浮在空中使用魔法嗎？我知道了，他們搶走了塔蘭托的『消除器』！」

看來鮑麥斯特伯爵為了能夠確實殺掉我，使用了「消除器」從上空用魔法發動狙擊。

真虧他的魔力能持續這麼久。大概是用了從塔蘭托那裡搶來的巨大魔晶石吧……

「所以才造成了這麼嚴重的犧牲……但就算是鮑麥斯特伯爵，他的魔力應該也用盡了。」

現在還是早點撤退比較好。

死掉的魔法師都是中級。因為指揮官雷梅伯爵被殺而大為動搖的敵方左軍完全沒有行動，敵方中央軍的精銳瑞穗伯國軍與新兵器魔槍的威力也已經被封鎖，曾經被我打敗過一次的小鬼指揮的敵方右軍動作也很遲鈍。

只要現在撤退，至少還不算輸。

雖然在最後的最後被鮑麥斯特伯爵嚇出一身冷汗。

「主公大人，重要的大旗被……」

「鮑麥斯特伯爵真是好大的狗膽……」

紐倫貝爾格公爵家歷史悠久的大旗，被鮑麥斯特伯爵的魔法給破壞了。

儘管沒能取得我的首級，但他的宣戰布告成功了。

「立起備用的大旗，迅速撤退。」
雖然是使用多年的大旗，但這也無可奈何。反正這種東西的替代品要多少有多少。
「只要我還活著，紐倫貝爾格公爵家就不會滅亡！別因為大旗壞掉這種小事就動搖！按照之前的計畫撤退！」
「遵命！」
我這支訓練有素的軍隊，之後便毫無動搖地順利迂迴，脫離戰場。
「主公大人，果然要把帝都……」
「他們有好好按照計畫進行吧？」
「這部分萬無一失。」
家臣回答我的問題。
「那就好。雖然必須暫時休戰，但我也能養精蓄銳。就讓泰蕾絲去煩惱帝都和那些垃圾的事情吧。」
真遺憾啊，泰蕾絲。我在帝都留了個上等的大型垃圾給妳。妳就努力處理那些紛爭，削弱自己的實力吧。
「那麼，我們撤退到紐倫貝爾格公爵領地吧。」
一切都按照我的作戰在進行。雖然失去塔蘭托是個沉重的打擊，但泰蕾絲和鮑麥斯特伯爵，我一定會實現我的野心。

然後確實地殺掉你們。做好覺悟吧。

＊＊＊

「……失敗啦……」

直接狙擊大軍的總司令果然很困難。

畢竟要是真的那麼容易，就能輕鬆贏得戰爭了。

我們的計畫是用備用的魔晶石補充魔力，再用塔蘭托的消除器施展「飛翔」，然後飛到上空用無屬性魔法發動狙擊。雖然利用從塔蘭托那裡搶來的巨大魔晶石提升了威力，但紐倫貝爾格公爵周圍果然有許多魔法師，所以攻擊還是被擋了下來。

之後消除器失效，黑色寶石也跟著粉碎。

「導師！」

「交給我吧！」

導師接住從空中墜落的我。

「失敗了嗎？」

「有除掉一些紐倫貝爾格公爵身邊的將士和魔法師。」

「這也是無可奈何。」

總司令身邊的防守，總是會比較嚴密，這點泰蕾絲也一樣。

「威爾，看來無法繼續追擊。」

此時負責指揮部分王國軍的艾爾現身，跟我報告狀況。

「即使只是其中一軍，損失一個指揮官還是很嚴重。」

「畢竟雷梅伯爵是個有名的軍人，而且還是解放軍地位第三高的人物。」

紐倫貝爾格公爵輕易就殺掉了雷梅伯爵，所以許多貴族都不想為了追擊他，而承受不必要的損害。

「雖然瑞穗伯國軍的損失輕微，但最後還是沒能攻破紐倫貝爾格公爵家諸侯軍。」

遙露出悔恨的表情。她認為瑞穗伯國軍是支強悍的軍隊，所以應該沒想到瑞穗伯國軍的連勝記錄會被紐倫貝爾格公爵中斷吧。

「反正無論如何，我們都得花時間重新整編潰散的左軍，所以不可能進行追擊。」

身為軍事專家的菲利浦也判斷無法追擊。

兩軍的正面對決，就這樣以平手收場。

第三話 黑馬出現！

「沒想到他居然會來這招。」

「這樣我們就完全無法自由行動了。」

「唉——錯過了逃跑的時機。」

不只是我，就連導師和布蘭塔克先生都一臉困惑。

與紐倫貝爾格公爵率領的反叛軍主力部隊的死鬥，最後實質上是以平手告終。

雖然我們成功讓塔蘭托召喚的師傅再次成佛，但解放軍失去了雷梅伯爵這個優秀的指揮官，他率領的左軍也死傷慘重。

儘管反叛軍也受到嚴重的損害，但還遠遠稱不上致命傷。

紐倫貝爾格公爵利用雷梅伯爵死後產生的混亂，巧妙地撤退了。

解放軍在重新整編完後，繼續慎重地進攻，結果卻發現一項意外的事實。

我們收到了紐倫貝爾格公爵棄守帝都的報告。

泰蕾絲慌張地進入帝都後，發現被紐倫貝爾格公爵軟禁的皇帝正囂張地在那裡等候。

「雖然擅自召集北部諸侯進攻帝都是重罪，但考慮到狀況特殊，朕就不追究了。」

「……」

「菲利浦公爵，妳有什麼話想對朕這個皇帝說嗎？」

「不，陛下平安無事真是太好了……」

根據從阿爾馮斯那裡聽來的消息，在皇宮被還活著的皇帝陛下這麼說後，泰蕾絲回去後似乎氣得大鬧了一場，讓他費了不少工夫安撫她。

這也是理所當然。

泰蕾絲原本就沒特別想當皇帝，但還是做好了登基的覺悟處理紐倫貝爾格公爵引發的內亂，結果紐倫貝爾格公爵最後的掙扎，居然是讓皇帝復權。

為什麼紐倫貝爾格公爵要這麼做呢？

理由很簡單。

這是為了分化反紐倫貝爾格公爵派，這樣他就能將他們各個擊破。

「其他的選帝侯全都被殺了，然而只有皇家的人全都還活著。這樣選帝侯家的人，應該會懷疑皇家的人是不是私下和紐倫貝爾格公爵做了什麼交易吧，在政變中被丟臉地俘虜的皇帝，也是因為獲得了俘虜他的紐倫貝爾格公爵的同情才被釋放，這讓皇帝的影響力大幅衰退。」

紐倫貝爾格公爵判斷比起殺死皇帝，不如讓他和泰蕾絲相爭還比較有用吧。

「然後泰蕾絲也無法下定決心……將皇帝拉下臺的決心。雖然我勸她這麼做，但被她拒絕了。」

在這種情形下，即使讓皇帝陛下復權也不會有什麼好事。

不如以法外措施，讓皇帝負起政變的責任退位……不過被紐倫貝爾格公爵害得顏面盡失的皇帝不可能主動下臺吧。

換句話說，即使泰蕾絲想逼皇帝下臺，也得先統整反紐倫貝爾格公爵派才行。

「泰蕾絲……終究是女人嗎？無論如何，我們必須暫時返回領地。皇帝陛下打算召集大軍，等收穫季節結束後再討伐紐倫貝爾格公爵。」

「等收穫季節結束後？為什麼要等這麼久？」

「因為帝都什麼都沒有啊。」

在解放軍和反叛軍戰鬥的期間，紐倫貝爾格公爵似乎命令一支軍隊將包含資產與糧食在內的大量物資，從帝都搬到紐倫貝爾格公爵領地。

簡單來講，現在的帝國政府一貧如洗。

「即使召集大軍，也無法維持補給。」

「國庫也被掏空，一點錢都沒剩。看來只能向商人們借錢了吧？而且我們不會參加討伐紐倫貝爾格公爵的行動。應該說無法參加。」

要是泰蕾絲在討伐紐倫貝爾格公爵時再次立下功勞，皇帝在戰後就不得不禮遇泰蕾絲。由於自己的立場變得非常弱勢，因此皇帝想要親自率軍討伐紐倫貝爾格公爵。

「好不容易解放帝都，結果卻被趕回去啊。」

雖然我覺得現在不是搞分裂的時候，但泰蕾絲也不可能與皇帝聯手。
話說回來，敵人是在考慮到這些後，才放棄帝都的嗎……
紐倫貝爾格公爵果然是個狠角色。
「皇帝似乎也有傳喚威德林。」
「是要給我獎賞嗎？」
「你還是別太期待比較好。」
不出阿爾馮斯所料，我們在謁見過皇帝阿卡特十七世後，就一直在沙卡特過著無所事事的生活。
「鮑麥斯特伯爵，那是什麼？」
「是非常珍貴的獎賞。」
「只是普通的衣服吧。」
「你在說什麼啊！菲利浦大人！這可是阿卡特神聖帝國的中興之祖，阿卡特十一世喜歡的衣服耶！」
「換句話說，就是沒有實質的獎賞囉。」
「克里斯多夫大人，講實話讓你很開心嗎？」
被皇帝叫到皇宮後，我得到了這件以前的皇帝穿過的衣服作為獎賞。
這跟江戶時代向商人借錢的領主因為還不出錢，所以把自己用過的東西當成名譽的禮物交給債主抵債有什麼不同。

國庫空虛到必須借錢才能出兵的皇帝，根本沒有餘裕給我獎賞。

「只是普通的舊衣服呢。」

「說不定其實有什麼特殊效果……沒有呢……布蘭塔克先生覺得怎麼樣？」

「我也沒發現隱藏的魔法功能。導師怎麼想？」

「只是普通的衣服！」

「艾莉絲，會不會這其實是以前的知名設計師的作品，所以非常值錢？」

「不，親愛的。雖然做工良好，但很遺憾那只是普通的舊衣服。」

我至今那麼努力，結果卻只換回一件衣服。還好之前有搜刮廢棄礦山，否則真的虧大了。

「我們應該就到此為止了吧，畢竟再待下去也沒好處，而且王國人員也全都被釋放了。」

雖然有幾名魔法師被殺害，但包含修爾翠伯爵在內的其他王國親善訪問團成員都平安無事。

幸好他們當時沒有抵抗，儘管被軟禁了一段時間，但最後還是平安與我們會合。

雷格侯爵率領的王國軍一開始就在吉干特裂縫被紐倫貝爾格公爵擊潰，其中有些士兵最後未能與菲利浦和克里斯多夫一起逃脫。那些投降的將士被關進俘虜收容所，並在我們解放帝都後獲得釋放。

紐倫貝爾格公爵也不至於連那些會消耗糧食的俘虜都一起帶走。

基於這些理由，現在有超過五千名王國人員聚集在沙卡特。

「這算是表面上比較好看的軟禁吧……」

皇帝之後將會忙著進行討伐紐倫貝爾格公爵的準備，所以不能將外國人留在身邊。說到這個，有一些瑞穗伯國軍也停留在這座城市。

主力部隊則是和那些支持泰蕾絲的貴族一起返回領地了。

「既然敵方已經對魔槍和魔刀有所提防，我們必須趕在秋天之前做好戰鬥的準備。」

對瑞穗伯國而言，紐倫貝爾格公爵是不共戴天的仇敵。

再加上他們的最新武器在上次的戰鬥中並未奏效，所以大部分的軍隊都回領地強化戰備了。

「所以說，我們應該可以回去了吧。」

「雖然我也這麼覺得，但我們可是有超過五千人……」

因為無法使用魔導飛行船，所以移動手段有限。畢竟之前的妨礙裝置，至今仍在運作。

「陛下又有新的傳言了！」

就在我們討論接下來該怎麼辦時，一名「奔跑的少女神官」正好抵達這裡。

「優法小姐，好久不見。」

「艾莉絲大人的氣色看起來也不錯。疾風的優法，再次前來拜訪！」

「我有不好的預感……」

「鮑麥斯特伯爵大人，這樣說太過分了。明明我們這麼久沒見了。」

我是因為她帶來的傳言幾乎可以篤定是叫我們繼續留下，所以才覺得討厭。

「王國該不會說我們可以回去了吧？」

「沒這回事。『帝國的情勢尚未穩定下來，請留在那裡努力收集情報，並盡可能讓局勢變得對赫爾穆特王國有利』，以上就是陛下的傳言。再會了！」

「喂！」

我還來不及阻止，優法就以驚人的速度跑走了。

「速度真快。」

「畢竟她是教會的信使。」

「教會網羅了不少優秀的人才呢。」

「就算叫我們收集情報，我們這裡受到的限制也太多了。」

我們目前被迫留在沙卡特。

因為要是傳出我們被軟禁的謠言就不妙了，所以我們姑且還是被允許到帝都購物，不過如果和泰蕾絲接觸，可能就會引起不必要的懷疑，這麼做實在太危險了。

「這樣根本就無法收集情報吧。」

「而且從北部來到沙卡特的人，都會被特別關注吧。因為皇帝懷疑鮑麥斯特伯爵和菲利浦公爵可能會圖謀不軌。」

皇帝明明應該是我們的同伴，卻在戒備我們。

「幸好沙卡特附近也有魔物領域，所以我們應該能夠自己賺自己的生活費。」

「那個……鮑麥斯特伯爵，我有件非常難以啟齒的事要向你報告……」

「克里斯多夫大人，怎麼了嗎？」

「雖然我們也有找修爾翠伯爵商量過，但大家身上都沒有任何現金。修爾翠伯爵他們是貴族，所以絕對不會賴帳，但還是得等返回王國後才有辦法還錢。此外士兵們也需要照顧。」

「……」

在秋天收成前，我必須撫養超過五千名同胞。

而且我還無法指望能獲得獎賞，這讓我衷心希望內亂能盡快結束。

＊　＊　＊

為了撫養同胞，我們立刻前往沙卡特附近的小型魔物領域進行狩獵，這同時也能當成戰鬥訓練。

菲利浦負責指揮王國軍的將校，艾爾也跟著一起學習如何調動軍隊。

這也算是為了將來所進行的教育和研修吧。

「原來利用軍隊驅逐魔物時，還有這種作法啊。」

「如果派大軍攻擊魔物，魔物就會為了禦敵而開始聚集在一起。所以要分成幾個人數不多的小團體，從不同的地點入侵和發動攻擊。打倒的魔物則是交給專門回收的小隊處理。即使是人數不多的小團體，若長時間留在魔物的領域，還是會讓魔物的活動變得更加活躍，所以只要規定的時間一到就必須離開。為了防止出現犧牲者，讓各個小隊定期輪班減少消耗也很重要。」

「同時指揮多支小隊很辛苦呢。」

「這部分就只能靠習慣了。小隊就交給小隊長指揮，各個小隊長就交給中隊長，各個中隊長交給大隊長……指揮現場的工作可以像這樣交給部下，我們只需要發布大方向的命令就行了。」

「原來如此……」

菲利浦告訴艾爾太過焦急也沒用，只能慢慢習慣。

「重新編組和訓練王國軍的工作都進行得很順利，唯一要擔心的就只有威爾……不對，應該說我家的主公大人一直在虧損吧。」

「雖然我也覺得很抱歉，但從貴族的立場來看，大家都欠鮑麥斯特伯爵一個很大的人情。對貴族而言，這種看不見的利益也很重要。姑且不論我們這些已經失敗的傢伙，修爾翠伯爵他們心裡應該都覺得很懊惱吧。」

「因為欠了我家的主公大人一個人情？」

「沒錯。那麼，我們差不多該撤退了。畢竟還得解體這些獵到的魔物。」

「好的。」

「……真閒啊。」

「要是鮑麥斯特伯爵也參戰，就構不成訓練了。總司令只要站在這裡就好。」

雖然我姑且也有參加，但因為我不能跟大家一起訓練，所以無事可做。

反倒是菲利浦和艾爾，似乎度過了一段充實的時光……

紐倫貝爾格公爵退回自己的領地，皇帝則是忙著進行討伐紐倫貝爾格公爵的準備。

雙方自然地進入休戰狀態。

問題在於收穫季節結束後，也就是秋天以後，情況會如何發展，就在我這麼想時，帝都派了使者過來。

「視察？皇帝對伯爵大人還真是警戒。」

「看是要視察還是怎樣，都隨他高興吧。」

雖然我們根本就不怕別人刺探，但皇帝似乎擔心我會和泰蕾絲聯手造反。

不過放心吧。現在我和泰蕾絲可以說是完全斷絕聯絡。

甚至連書信往來都沒有。只是皇帝自己在疑神疑鬼而已。

泰蕾絲應該也有吩咐家臣別和我聯絡吧。

因為沒有人來找麻煩，我每天都過著平穩的生活。

雖然手邊的錢不斷減少。

在這樣的日子裡，帝都派了視察團過來。

「視察團？來的是什麼樣的人？」

「誰知道？」

喝下午茶時，艾莉絲邊泡茶邊向我問道，但我也不曉得是誰要來。

感覺是誰都無所謂。

今天是吃艾莉絲自己做的蛋糕啊。不會太甜，非常好吃呢。

「你好歹也在意一下吧。」

「就算在意也沒用吧。反正該來的還是會來。」

「是這樣沒錯……」

「艾爾先生，即使那個視察團圖謀不軌，只要有我們在就不必擔心。」

「遙小姐，妳說得沒錯。」

雖然有好好擔任我的護衛，但艾爾只要和遙在一起就會顯得很開心。她一替艾爾泡茶，艾爾就露出鬆懈的笑容。

「千萬不能大意，畢竟那場視察有一半是來找碴的，雖然應該是沒什麼危險。」

仍留在我身邊擔任護衛的武臣先生，瞬間對艾爾釋放出惡鬼般的怒氣，並闡述自己的想法。

「我和遙會擔任護衛，請放心和對方會面吧。」

「我也會在喔。」

艾爾隨口附和，讓武臣先生再次對他釋放強烈的怒氣，但艾爾似乎已經習慣了，所以看起來毫不在意。

「請放心交給我和遙吧。」

像是覺得這很重要般，武臣先生又補充了一次。

「那個……武臣先生，那我呢？」

「為了以防萬一，還需要一個肉盾呢。」

「……」

幾天後，傳聞中的視察團終於到了。

這段期間，我們也一點一點地收到了關於視察團團長的情報，那個人似乎是皇帝的三男。

「一想到是那個皇帝的三男，就不太想和他見面。」

對方究竟是個什麼樣的人呢？

「他是個什麼樣的人啊？」

「聽說他的母親是平民，所以非常親民，經常在帝都裡到處玩樂，所以被稱為『皇家之恥』。

另外也有人稱他為『平民皇子』。」

再加上他還找了一些和繼承扯不上邊的貴族之子和平民小孩一起行動，所以被皇帝和大貴族們當成不良少年集團看待。和我們一同出來迎接的沙卡特代理官潘崔，提供了我們許多關於皇帝三男的情報。他畢竟也是個男人，所以非常樂意回答年輕又漂亮的艾莉絲的問題。

「真受不了。」

我們在暫住的宅第前等待視察團時，艾爾、遙和武臣先生突然緊張了起來，我、布蘭塔克先生、卡特琳娜和導師也幾乎在同一時間繃緊神經。

「艾爾？」

「他們的興趣還真特別。莫非只要當上帝國的皇子，就能隨便讓護衛發出殺氣了嗎？」

「就是這樣。遙，可別大意囉？」

「是的。」

皇帝的三男和他的父親不同，是個好鬥的傢伙嗎？

感覺好像在被測試，真讓人不爽。

我們這些魔法師也受到了不同類型的挑釁。

「有個實力足以和卡特琳娜姑娘抗衡的魔法師在呢。對吧，導師。」

「既然是皇帝的三男，身邊有優秀的魔法師也很正常！」

沒錯，我們是因為發現有魔法師挑釁地朝周圍散發魔力，才會開始警戒。

「這又不是在演什麼蹩腳的戲碼，能不能別用這種方式測試別人？」

我沒打算討好皇帝的三男，即使在這裡起爭執，也只是多一個讓我返回王國的理由。

「不愧是王國現在最成功的人物，身邊充滿了優秀的人才……馬克、艾梅拉，已經夠了。」

一名打扮休閒、看起來年齡和我差不多的少年出現在我們面前，而他背後的那兩個人，應該是他的部下。其中一位是看起來個性穩重且實力高強的黑髮年輕劍士；另一位則是看起來年約二十歲、留著一頭顯眼淺綠色短髮的年輕女魔法師，這兩人應該就是剛才挑釁我們的犯人。

「馬克、艾梅拉，你們被人警戒了呢。」

「殿下，鮑麥斯特伯爵大人是被譽為能與王國的最終兵器阿姆斯壯導師匹敵的魔法師。這種程度的挑釁，他不可能沒發現。」

與少年相反，女魔法師一臉理所當然似的說道。

「魔法師的事情果然還是魔法師最清楚。不愧是有辦法殺掉那笨蛋四兄弟的人物。」

既然是皇帝的三男，那自然能獲得不少情報。嚴格來講，其實我只打倒其中一人。

「那些傢伙因為魔力量大而備受期待，在得意忘形之餘，還來找過我家的艾梅拉麻煩，謝謝你幫忙打倒了他們。」

「並非所有人都是我打倒的。」

「鮑麥斯特伯爵真是個誠實的人。」

那笨蛋四兄弟投靠了反叛軍，即使我承認是自己打倒了他們，皇帝應該也不會怪罪我。

「（吶，威爾。）」

「（什麼事？）」

「（那傢伙比我還厲害。）」

「（是這樣嗎？雖然他看起來的確很強……）」

艾爾小聲地告訴我那個叫馬克的年輕騎士實力在他之上。

「（但只要我們三個人一起上就不會輸。）」

「（畢竟我們只在乎能不能保護好主公大人。）」

或許那傢伙的劍術實力，在武臣先生與遙之上也不一定。

如果是這樣，那他的護衛還真是厲害。是為了預防有人暗殺皇子嗎？

「在帝國應該沒有幾個劍士比馬克厲害。因為他的工作是保護我，所以我把祕藏的寶劍借給了他。」

那名叫馬克的劍士確實配戴著一把奧利哈鋼製的劍。雖說母親是平民，但身為皇子，有這樣的寶劍也不令人意外。

「唉，我那個臭老爸的器量沒大到願意把奧利哈鋼製的劍寄放在我這裡，所以我是靠自己的管道入手的。」

皇帝的三男說的這些話，簡直就像是看穿了我的思考。雖然外表看起來只是個嬌生慣養的少爺，但他似乎相當聰明。

話說回來，他的父親好歹也是皇帝，叫他「臭老爸」不會有問題嗎？

「鮑麥斯特伯爵……嗯——這樣叫感覺好拘謹。我們年齡相近，就直接叫你威德林好了。威德林，你可以直接叫我彼得。我不太喜歡別人叫我殿下。」

皇帝的三男彼得表現得非常友善。他這麼做的背後，到底有什麼用意？

難不成是想引出我對皇帝的叛意，再加以密告？

「咦？我是真的想和威德林打好關係耶……」
「考慮到殿下的立場，應該很困難吧？」
女魔法師艾梅拉，在皇帝三男的耳邊輕聲說道。
「我可沒威德林想得那麼了不起呢……因為我的母親是平民，所以臭老爸和其他哥哥都覺得我很礙事。啊，我知道了！你以為我是來監視你們的吧？」
皇帝的三男露出恍然大悟的表情。
「我沒打算監視你們。雖然臭老爸因為找不到其他適合的人，而派我過來進行視察，但其實我也有自己的事情要忙，根本沒這種閒工夫。然而在聽到是要去沙卡特時，我真的覺得很幸運。更何況……」
既然不是來監視我們，那這個皇帝的三男到底是來幹什麼的？
「反正那些人最後都會被紐倫貝爾格公爵打倒，根本沒必要在乎他們。」
「「「「「「「……！」」」」」」」
皇帝三男的發言，讓我們大吃一驚。就連導師都驚訝到說不出話來。
「咦？有必要這麼意外嗎？威德林應該也這麼認為吧？」
雖然我預測皇帝會戰敗，但沒想到他的親生兒子會自己說出口。
「皇宮裡也都在傳呢。臭老爸因為害怕菲利浦公爵和鮑麥斯特伯爵會聯手搶奪帝位，所以將你們兩人分開，最後甚至還不讓你們參加討伐紐倫貝爾格公爵的行動。搞不懂怎麼會有人想主動降低

自己的勝率？擔心要是不小心讓我有所表現，可能會妨礙他們出風頭的哥哥們，都叫我不准參戰，不用第一次上戰場就碰上紐倫貝爾格公爵真是太幸運了。至今從未指揮過軍隊的臭老爸，以及只會對臭老爸言聽計從的哥哥們，根本就不可能有勝算。」

這傢伙似乎對自己的父親和哥哥們相當不滿。不對，應該只是因為厭煩才選擇捨棄他們吧？

「我可能會向皇帝報告殿下正在圖謀不軌喔。」

「哈哈哈，這玩笑還真是有趣。威德林明明也很討厭我那個臭老爸。」

看來這點程度的威脅對他不管用。

「殿下……不對，彼得，你到底有什麼目的？」

「這時候應該豪——邁地說是下任皇帝的寶座吧？」

這個出乎意料的回答，讓除了彼得以外的所有人都忍不住環視周圍。

如果這附近有皇帝的耳目在，那可就大事不妙了。

「放心啦。潘崔應該事先支開了那些人。我沒說錯吧？」

「是的。」

安排我們見面的潘崔，簡短地回答彼得的問題。

我本來以為他只是個動不動就會拜託我幫忙進行土木工程的輕佻男人，沒想到他居然和彼得有關係。

「威德林，你誤會了。潘崔家每一代的子孫，都會世襲沙卡特代理官的官位。他是因為深愛這個沙卡特，才會對臭老爸感到不滿。」

「是這樣嗎？」

我問潘崔是不是因為這樣才和彼得搭上線。

「現在的皇帝陛下揮霍無度，不僅只會優待那些服從自己的人，還疏遠了那些會提出逆耳忠言的人。這樣國家是不會有未來的。」

因為皇帝急著討伐紐倫貝爾格公爵，所以連帝國直轄地也開始產生不滿了嗎？

明明景氣才剛因為內亂而衰退，正是需要復興預算的時候，皇帝卻將資源都用在軍備上。

要是成功倒還好，但像潘崔這種聰明人，並不認為皇帝會獲勝。

「所以才選擇彼得嗎？」

「因為菲利浦公爵閣下，自己放棄了到手的勝利。」

「說得沒錯。要是菲利浦公爵在進入帝都時，有順便把那個臭老爸給拉下臺就好了。」

「這樣彼得應該也無法倖免吧。」

「關於這部分，因為突然讓皇家滅亡會很危險，所以最後應該只會縮小皇家的規模，並讓我這個三男繼承。這麼一來，即使我想反抗菲利浦公爵，也不會有人跟隨我吧？大貴族非常看重血統，所以無法利用有一半是平民的我。這麼一來，我就能邊和艾梅拉打情罵俏，邊和馬克他們過著小貴族的生活了。」

這表示彼得總是在思考能讓自己從各種狀況倖存下來的策略嗎？

如果彼得提出這樣的建議，泰蕾絲很有可能會接受。

「殿下，我絕對不可能和您打情罵俏。」

「啊哈哈，艾梅拉真容易害羞。」

「我並不是個容易害羞的人。」

艾梅拉冷淡地回答，看來彼得也有辦不到的事情。

「雖然我覺得那樣也不錯……但只要知道有機會，人都會想掙扎看看吧。要是臭老爸被紐倫貝爾格公爵打敗，就會暫時沒有人統治帝都。被臭老爸警戒的菲利浦公爵根本來不及從領地趕回帝都，所以帝都一定會先被紐倫貝爾格公爵占領。這麼一來……」

泰蕾絲或許會輸。內亂或許也會因此繼續拖延下去。

「如果想在臭老爸被打敗後，一口氣壓制變成空殼的帝都，那再也沒有比沙卡特更適合的地方。」

如果在帝都內打這種主意，或許會被發現。

話雖如此，像泰蕾絲那樣遠離帝都也只會讓自己陷入不利。

「雖然這問題有點失禮，但彼得有那麼大的影響力嗎？」

「在臭老爸出兵前還有一點時間，所以我打算以這裡為據點進行籌備。威德林也會協助我吧？」

「為什麼你會這麼認為？」

正常人應該不會拜託外國貴族這種事。

「因為菲利浦公爵之前犯下的失誤，應該讓你很失望吧？威德林明明想在領完獎賞後返回自己的領地。命令威德林留在這裡的赫爾穆特國王，也不需要統治起來很麻煩的帝國領土吧？他應該想全力開發未開發地吧？」

雖然彼得承認自己沒有多大的影響力，但他非常擅長收集情報和看穿他人的想法。

「帝國因為內亂而陷入疲弊後，將暫時沒有餘力對外擴張。頂多只能探索北部地區吧？」

意思是如果他當上皇帝，將注重與赫爾穆特王國的和諧，暫時將心力放在國內的統治上嗎？

好吧。反正這樣下去我們也無法返回王國。

就賭賭看彼得的可能性，祈禱能夠儘早結束內亂吧。

當然為了預防彼得失敗，我也不會放棄泰蕾絲這個可能性。

「雖然機率不高，但皇帝也是有可能獲勝。」

「不可能啦。不管是再怎麼龐大的軍隊，只要領導者無能就沒有意義。如果對方的指揮官也很無能就算了，但紐倫貝爾格公爵可不是那樣的人。臭老爸連馬都不會騎，而且也沒有異於常人的指揮能力或領袖氣質。所以那個臭老爸是死定了。」

我實在無法判斷彼得這個人究竟是輕浮還是冷酷。

「我們接下來應該會相處好一段時間，所以請多多指教啦，威德林。」

他看起來不像是個壞人，而且因為境遇不佳，所以非常能幹。

為了能儘早返回王國，我決定在第三個候補人選彼得身上賭一把。

「威德林，我們一起去吧。」

「你是小孩子啊！」

「有什麼關係。反正我們要去的地方一樣，就和好朋友一起邊走邊聊嘛。」

雖然彼得是皇帝派來監視我們的人，但他其實是皇家的心腹之患。他不僅預言自己的父親和哥哥們會死，還打算趁國家權力真空時，搶奪下任皇帝的寶座。

我們今天預定要去將部分軍隊駐守在沙卡特的瑞穗伯國軍陣地。

這明明是俗稱的地下交涉，彼得卻像小學生邀朋友出去玩般跑來我住的地方。他們在幾天前徵收了沙卡特市內的一間旅館，從那之後就偶爾會和我們一起狩獵或用餐。表面上是為了監視我們，但其實彼得才是最不服從皇帝的人，關於這點我也只能苦笑。

「（話說那個殿下，真的沒有問題嗎？）」

只是艾爾似乎不太信任彼得。他輕聲向我問道。

「（雖然殿下能言善道，但感覺有點可疑呢。）」

「（的確是這樣沒錯。）」

「（你居然承認了。）」

「（順帶一提，他還很厚臉皮。）」

「（威爾，有必要說到這種程度嗎？）」

「（就是這樣才好。）」

泰蕾絲和彼得都具備當皇帝的素質。那麼，為什麼我會覺得彼得比泰蕾絲更適合當皇帝呢？

因為彼得既厚臉皮又頑強。

「（就因為這種理由？）」

「（就是這樣才好啊。）」

泰蕾絲唯一的弱點，就是家世良好又清白。明明一度下定決心要成為下任皇帝，卻因為皇帝還活著而選擇遵從帝國的法律，不除掉對方。明明這時候應該不惜背負殺害皇帝的汙名也要下令除掉他，她卻辦不到。

泰蕾絲確實為了讓菲利浦公爵家獲得獨裁權而費盡苦心，但她的本性果然還是個純粹的千金大小姐。她現在沒來見我這點，也印證了我的說法。

如果她真的想要我這個人，應該會偷偷來見我。

儘管嘴巴上說自己不容易放棄，但泰蕾絲其實是個很快就會放棄的人。

另一方面，彼得非常討厭放棄。

在認為泰蕾絲有可能成為皇帝時，他不僅沒有反對泰蕾絲剷除自己的父親和哥哥，反而還打算和泰蕾絲交涉，替自己爭取同伴和地位。

即使一度承認泰蕾絲的天下，但一看見她犯下失誤，彼得就立刻把握機會接近我。

「（真沒節操。）」

「（就是這樣才好。雖然在和平時期不太好，但帝國正陷入內亂，太有原則反而不好。）」

「（我不太懂這種事，所以就交給威爾判斷吧。那位殿下看起來的確沒那麼容易死。）」

「威德林，你在和艾爾文聊什麼啊？」

「我們在聊彼得感覺怎麼殺都殺不死的話題。」

「真不好意思。不必那麼誇獎我吧？」

「咦！這算是誇獎嗎？」

「不是嗎？畢竟人只要一死就完蛋了。」

在像這樣閒聊的期間，我們抵達了瑞穗伯國軍的陣地。

「鮑麥斯特伯爵，聽說今天能聽到有趣的事情。」

瑞穗上級伯爵今天偷偷來到瑞穗伯國軍駐沙卡特的大本營，連泰蕾絲都不知道這件事。

因此他只帶著半藏與少數護衛前來這裡。

「這位就是傳聞中的平民皇子啊。」

「幸會，瑞穗上級伯爵。讓我們好好相處吧。」

「好好相處嗎……唉，好吧。雖然我不會斷絕和泰蕾絲大人的關係。」

「畢竟她目前的勢力比我大，而且我也可能會失敗，所以同時和雙方維持關係也是理所當然的決定。」

在今天的會面中，瑞穗上級伯爵答應私底下將盡可能協助彼得。

這麼做別說是皇帝了，就算是被泰蕾絲發現也很不妙，但瑞穗上級伯爵還是接受了這個提議。果然泰蕾絲沒除掉皇帝這件事影響非常大。

「就先從和駐守在沙卡特的瑞穗伯國軍進行交流開始吧。我已經用強化監視的名義，向臭老爸申請了一支軍隊。」

「皇帝會答應嗎？」

「應該會吧。臭老爸非常警戒鮑麥斯特伯爵和瑞穗上級伯爵，但完全沒懷疑我。因為他認為我只是個不足掛齒的小人物。再來就是因為我是他的兒子。」

彼得明明聚集了優秀的人才，至今卻一直採取不符合皇家成員身分的行動，這都是為了不被身為皇帝的父親和哥哥們懷疑。尤其是對他的哥哥們而言，若周圍的人認為彼得比較有資格成為下任皇帝，他就會變成不得不排除的敵人。

彼得平常之所以表現得那麼輕浮，也是因為這個緣故。

「唉，對我來說，無論是紐倫貝爾格公爵或現任皇帝，都很令人困擾。」

瑞穗上級伯爵邊說邊對後方的護衛使了一個眼色。

接著那名護衛從帶來的木箱裡拿出一個老舊的頭盔。

「鮑麥斯特伯爵，請看，這是我幫忙解放帝都獲得的恩賞。據說這是以前的皇帝愛用的頭盔。」

我好像在哪裡聽過類似的話。

「咦？這裡是不是有接縫？」

「殿下，真虧您看得出來呢。因為我實在有點生氣，所以就用刀子把它砍成兩半了。雖然事後還是請兼定幫忙修復了。」

原來兼定先生也會修理裝備啊。

「有技術真是件好事。不過應該不用那麼在意吧？我小時候曾經戴著這個頭盔玩，然後撞到了柱子。這裡的凹陷就是我弄的。這在皇家內也沒被嚴密保管，拿來當獎賞實在太過分了。」

「哈哈哈！殿下真是有膽識！我欣賞您！」

瑞穗上級伯爵似乎很中意彼得。

「等收穫季節結束後，就要開始討伐紐倫貝爾格公爵了，我們得在那之前盡可能做好準備才行。」

「結束就是新的開始嗎？」

「沒錯。還是別做臭老爸會勝利並讓帝國恢復和平的春秋大夢比較好，不然只會和他一起作惡夢。」

彼得成功完成和瑞穗上級伯爵的密談，為了成為下任皇帝，他開始在沙卡特安頓下來。

第四話　討伐軍出征

「收穫季節已經結束，紐倫貝爾格公爵討伐軍終於要出征了。」

「好像是這樣。」

距離彼得他們來到沙卡特已經過了幾個月。

季節進入秋天，到了收穫農作物的時期。

皇帝完成收穫和徵稅的工作後，終於要率領大軍攻打紐倫貝爾格公爵領地。

包含後方的支援人員在內，討伐軍的規模多達五十萬人。因為是壓倒性的大軍，所以皇帝也充滿自信。每天都有先遣隊從帝都出發。

「哥哥他們好像已經換上閃閃發亮的裝備，帶著追隨自己的大貴族們一起出征了。在大批民眾的目送下離開時，他們應該覺得自己穩操勝算吧。」

如果每天都看見由打扮華麗的貴族指揮的軍隊出征，帝都的民眾應該也覺得討伐軍會贏吧。實際上打贏戰爭最確實的方法，就是準備比敵人還多的大軍。

外行人在看見五十萬帝國軍後，通常都不認為會輸。

「雖然只要準備大軍就能提升勝算，但光這樣是贏不了的。紐倫貝爾格公爵一定已經在嚴陣以待，究竟能有多少人平安回來呢。艾莉絲小姐，麻煩再來一份。」

「請用。」

「艾莉絲小姐的廚藝真好。雖然艾梅拉也很會做菜，但她最近很忙，都沒空替我做愛妻料理。」

「以後應該也不會做。在那之前，我根本就不是殿下的妻子。」

「我是在說將來的事情。」

「將來也完全不可能。」

彼得帶艾梅拉和馬克一起過來用餐，但她對彼得的態度還是一點都沒變。即使如此，她還是有好好完成家臣的工作，所以她應該認為彼得是個合格的主人吧。另一方面，馬克則靜靜地用餐。

明明只是用湯匙舀了一口燉菜，就能給人非常能幹的印象，真是不可思議。不愧是比武臣先生還厲害的高手。

「馬克先生，您要再來一份嗎？」

「……麻煩了。」

艾莉絲一問，他就默默遞出空盤子。話說我好像很久沒聽見他的聲音……感覺他一個月大概只會說一次話。

「喔，真難得。馬克居然會要求再來一份。」

「是這樣嗎？」

「因為馬克對味道很挑。」
「味道非常重要。敏銳的五感，也和劍的技術有關。」
「沒錯，就是因為這樣。馬克之前也說過相同的話。」
彼得贊同遙的發言，馬克也靜靜點頭。
「只要有一點地方讓馬克覺得不滿意，他就幾乎不會吃。說到他一定會吃的東西，大概也只有他太太做的料理了。」
居然有太太能滿足對味道如此挑剔的丈夫的要求，到底是什麼樣的人呢？
「雖然很多人都想早點回到家人身邊，但也只能再忍耐一會兒了。」
「因為皇帝命令那些人保護帝都嗎？」
「這件事有點微妙。帝都其實有自己的守備隊。我們駐守在帝都郊外，是為了維持帝都周邊的治安和防範未然。」
彼得今天之所以前來拜訪，是因為被皇帝傳喚。
他似乎會被分派某個任務，所以才來找我們商量。
「大概是擔心瑞穗駐守軍和威德林的王國軍，會趁他們不在時攻進帝都吧？所以我之前才被吩咐要組織一支軍隊。」
看來皇帝似乎無論如何都想牽制我的行動。明明只要直接叫我回王國就行了。
彼得原本就是被派來沙卡特監視我們，如今他從皇帝那裡獲得了組織軍隊的許可。

在這幾個月裡，彼得聚集了超過五千人的軍隊。因為忙著替紐倫貝爾格公爵討伐軍做準備，所以皇帝幾乎沒提供任何資金和物資給他，結果不知為何，變成我得借這些東西給他。

除此之外，彼得也召集了許多人才。幹部方面，他聘請曾是帝國軍人的潘崔擔任參謀長，潘崔也透過他的管道找了許多前軍人加入。

其中特別值得一提的，就是曾為了繼承領地而離開帝國軍的吉伯特．卡耶坦．馮．邦賀夫準男爵的加入。

他是擁有「剛力將軍」外號的優秀軍人，但因為是出身爵位不高的準男爵家，所以那些大貴族家出身的將校們都不太喜歡他。正好就在這時候，原本繼承了老家的哥哥與其家人都因為生病去世，他才趁這個機會離開帝國軍。

身材和導師差不多強壯的他，在前輩潘崔的推薦下負責指揮彼得組織的軍隊。

彼得軍的編組和訓練都進展得很順利，前陣子為了測試成果，我們還實施了讓那支部隊和王國軍與瑞穗駐守軍，一同解放沙卡特近郊的某個魔物領域的作戰。

擁有能防禦所有攻擊的虹色甲殼的頭目「虹之阿薩爾德」，在最後被薇爾瑪用特殊的魔槍狙殺，彼得軍在對沙卡特領域內的魔物進行的掃蕩戰中也表現優異，成功向帝國民眾宣傳了他們的存在。

雖然彼得報告戰果時，皇帝露出非常不愉快的表情。

皇帝比較寵愛那些血統純正的哥哥，所以應該是對彼得搶先他們立下功勞感到不滿吧。即使如此，皇帝也不能因此責備彼得，只能板著臉稱讚他。

等討伐完紐倫貝爾格公爵後，那塊被解放的領域似乎將成為彼得的領地。讓摻雜平民血統的彼得成為獨立的貴族。皇帝似乎認為這樣就已經算是非常體貼彼得了。

「要露宿啊。雖然我是無所謂，但總覺得……」

為了前往帝都，我們在沙卡特郊外的陣地進行準備，雖然艾爾忍不住開口抱怨，但我也是一樣的心情。那個皇帝到底把別人當什麼了。

「暫時忍耐一下吧。反正他也回不來了。」

「彼得殿下，萬一皇帝成功逃回來呢？」

「不可能吧。畢竟那個紐倫貝爾格公爵，都刻意親切地把臭老爸引到自己的領地了。」

紐倫貝爾格公爵是為了能優先除掉皇帝和他的兒子們，才選擇進行防衛戰嗎？他不在意讓其他士兵逃跑。不如說既然之後還能將他們收為己用，根本就沒必要勉強殺害他們。

「你還真有自信。」

「紐倫貝爾格公爵是個優秀的軍人，臭老爸則是完全沒有軍事的才能。再加上對方有充分的時間好好準備，所以應該不會失誤吧。威德林，快點準備出發吧。」

「說得也是。」

隔天，我們率領軍隊前往帝都。

彼得的軍隊，是由最近經常被人以吉伯特先生稱呼的邦賀夫準男爵指揮，王國軍則是交給菲利浦指揮，艾爾也率領了其中的一千人。
瑞穗駐守軍則是由瑞穗一族的重臣宗和．立花．瑞穗指揮。
由於導師、布蘭塔克先生和艾莉絲她們也與我同行，因此沙卡特就交給潘崔和修爾翠伯爵管理。
至於剩餘的兵力，只要交給波佩克和他發掘的人才統率就沒問題了。
「反正大家之後馬上就會來帝都……」
彼得在帝都近郊的營地裡自言自語道。
「特製的轎子已經完成，那個臭老爸應該非常開心吧。要最後一個出征讓自己看起來像大人物還真是辛苦。」
「殿下，您這樣講就太刻薄了。」
「導師，居上位者，必須具備相符的資格。」
「唉，是這樣沒錯……」
無法進入帝都的我們，遠遠看著皇帝搭乘豪華的轎子與軍隊一起出征。
「那個豪華的轎子，馬上就會變成棺材！」
「導師，別講得那麼白啦。」
布蘭塔克先生對導師提出勸諫。
因為討厭皇帝而一點興趣都沒有的我，只瞄了一眼就返回營地。
豪華的軍隊接連出征，讓自從發生內亂後就一直缺少歡樂話題的帝都居民們，像是在觀賞遊行般吵鬧不已。雖然再過不久，應該就會換成因為收到大敗的消息而騷動不已，但總不能事先告知他們這件事。

現在還是按照皇帝的命令，努力維護帝都周邊的治安吧。

「輕傷的人，請過來這裡。」

「骨頭已經接起來了，接下來幾天請好好靜養。」

「有沒有需要在下治療的人？」

在維護治安的同時，卡特琳娜、艾莉絲和導師也到各地的農村進行巡迴治療。

「不可以偷農作物喔，要自己買才行。啊，你們想抵抗嗎？那只能讓你們失去意識了。」

「農作物小偷在我心目中，算是罪大惡極的傢伙。」

「為什麼我們會輸給區區兩個小姑娘？」

隨著大批帝國軍出征，想趁機幹壞事的傢伙們也接連出現。

露易絲和薇爾瑪致力於取締犯罪者。

「士兵的水準大幅提升了呢。」

「是的，艾爾先生。」

艾爾和遙也在菲利浦底下努力訓練部隊。

「艾爾，這份糧食申請書算錯了。」

「咦？不會吧？」

「最後的總計數額算錯就全都毀了。你看，這裡。」

「真的耶……」

伊娜負責協助軍隊營運。

「然後我則是為即將到來的時機，暗中進行準備。」

彼得命令自己的家臣，派遣使者到帝都各處。

「你打算和誰交涉？」

「那些正派的帝國軍人們。」

雖然許多優秀的帝國軍人都加入了紐倫貝爾格公爵的陣營，但也有許多優秀的軍人討厭他。他們非常優秀，所以對皇帝只想依靠人數獲勝的作戰提出異議，許多人也因此被降職到留守部隊或負責補給的後方部隊。彼得就是在和那些人聯絡。

「是你設計他們向皇帝提出異議，害他們被降職的吧？」

「怎麼可能。我不希望他們白白喪命。他們大多是下級貴族或平民出身，所以不會說什麼『要為榮譽而死』。話雖如此，他們也討厭紐倫貝爾格公爵，所以才要向他們宣傳還有我這號人物。有波佩克和吉伯特在，就不用怕沒有聯繫的管道。」

意思是要趁現在和優秀的現場負責人攜手合作嗎？

「再來就是……應該差不多到了吧？」

「好久不見了，殿下。」

「這位不是鮑麥斯特伯爵大人嗎？看來您逃離泰蕾絲後，過得非常自在呢。」

另一位協助彼得的人物現身。他是帝都西部某個貧民窟的老大，因為是個優秀的治癒魔法師，所以大家都叫他「男爵大人」。關於這個外號，目前最有力的說法是他曾經是某個貴族家的人，但真相不得而知。

他在貧民窟經營醫院，深受當地居民的支持。

與男爵大人同行的，是一位叫藍道夫的中年男子，為了保護男爵大人，他組織了一個義警團，其實他是蘭族人。以前泰蕾絲與哥哥們爭奪權力時，他因為選錯邊而被從菲利浦公爵領地放逐。

和家人一起被放逐的藍道夫流落到貧民窟，孩子也在經歷貧困的生活後病倒。為了報答在這時候拯救了他們的男爵大人的恩義，藍道夫組織了義警團。藍道夫以前似乎是個位居高位的重臣，在他的訓練下，那些貧民窟的志願者們實力甚至不輸一般的諸侯軍。

雖然皇帝完全不知情，但這股戰力已經成長到不可小覷的規模。

男爵大人和帝國有三成居民信仰的正教徒派教會關係深厚，彼得成功將他們收入旗下。雖然一開始交涉時，彼得因為無法提供相符的利益給他們而失敗，但在允諾將先前解放的魔物領域送給他們當領地後，他們總算答應跟隨彼得。

「嗨，男爵大人。西側的城牆狀況如何？」

「感謝您提供資材、資金、糧食和裝備的援助。目前修復得非常順利。」

原本貧民窟所在的西側城牆到處都有破損。貧民窟的居民必須從那裡外出經營農業和狩獵才有辦法生活。因為即使修復也會馬上壞掉，所以帝國一直放著不管。未來紐倫貝爾格公爵進攻帝都時，那裡一定會成為弱點，因此彼得才以支援貧民窟為條件，委託男爵大人修繕城牆。

「殿下還真是有錢呢。」

「哈哈哈，是我的贊助者很有錢。」

沒錯，雖然交給貧民窟的資金、糧食、裝備和物資，全都是由彼得熟識的商人提供，但付錢的人可是我。除此之外，彼得還找了各種理由向我借了一大筆錢。

彼得甚至還向皇帝報告：「只要哄騙鮑麥斯特伯爵，讓他不斷地借我錢，就能削弱他的財力。他出身下級貴族，所以一知道我是皇子就乾脆地借我錢了。」藉此讓皇帝放心，真是個不得了的謀士。

「現在的帝國，應該沒多少人的欠債能比得上我了。」

「既然有辦法借得到這麼多錢，那應該就沒問題了。」

即使知道彼得欠了一堆錢，男爵大人還是不為所動。

「畢竟您已經借了這麼多的錢。」

「如果是欠別人十萬分，那我還會焦急，但借到一億分以上後，反而就沒什麼感覺了。反正再慌張也沒用。」

「在最壞的情況，只要賴帳就好。」

「這可不行喔，藍道夫。」

彼得否定藍道夫的意見。

「因為這是我以個人身分向威德林借的錢。」

帝國皇子向王國伯爵借錢，會讓未來的帝國在與王國的關係中居於劣勢，所以彼得才會以個人身分向威德林這個人借錢。

「如果不還錢，即使將來當上皇帝，我也會被視為連欠王國伯爵的錢都還不起的男人，變成比臭老爸還沒用的皇帝。」

這麼沒有權威的皇帝，之後一定是前途多難。所以彼得必須好好還錢才行。

「那可真是不得了。話說還要再過多久才能行動？」

「雖然要看臭老爸的狀況而定，但『時機』一定會在一個月內來臨。」

二十天後的某個夜晚，彼得的預言靈驗了。偷偷潛入討伐軍的密探，快馬趕回來向彼得報告。

「我軍慘敗！皇帝陛下駕崩！」

「果然啊……詳細情況如何？」

主要成員急忙在帳篷內集合後，仍在喘氣的密探開始報告詳情。

「那個，請喝這個……」

「感謝夫人。」

密探喝完艾莉絲匆忙泡好的瑪黛茶後，開始報告。

雖然只是件小事，但真不愧是艾莉絲，居然連這種時候都沒忘記要把茶泡得涼一點。

「因為敵人數量不多，所以我方全軍發動突擊……」

紐倫貝爾格公爵將所有軍隊集結到自己的根據地附近，並讓支持自己的貴族暫時捨棄領地。

討伐軍進入變成空殼的南部貴族領地後，只發現毫不抵抗的領民，於是就直接無血占領持續前進。在討伐軍內部，逐漸開始出現「不戰而逃的紐倫貝爾格公爵是個膽小鬼，所謂的軍事天才只是徒具虛名，只有逃跑方面是天才」的傳言，再加上數量優勢，讓討伐軍變得愈來愈輕敵。

等討伐軍終於抵達紐倫貝爾格公爵的根據地附近後，才發現所有敵軍都在那裡嚴陣以待。

「雖然也有人主張紐倫貝爾格公爵是在誘敵，但皇帝陛下認為只要再發動一波攻勢，就能讓紐倫貝爾格公爵的軍隊潰散……」

因為至今進展得太過順利，所以皇帝也徹底掉以輕心了。

全軍勇猛地發動突擊，結果被做好萬全準備的紐倫貝爾格公爵給擊敗了嗎？

「但不管再怎麼大意，討伐軍的士兵數量都是對方的兩倍以上。怎麼會這麼輕易就戰敗了？」

的確，討伐軍總共有五十萬人。即使分出二十萬人負責補給和管理占領地，人數仍比紐倫貝爾格公爵指揮的軍隊要多出一倍。

就像艾爾說的那樣，很難想像他們會這麼輕易就被打敗。

「除此之外，紐倫貝爾格公爵還準備了各種策略。」

為什麼紐倫貝爾格公爵要選擇死守根據地？答案在皇帝下令全軍突擊時揭曉。

「會爆炸的魔像與金屬製的龍？是發掘品嗎！」

「沒錯。」

紐倫貝爾格公爵那傢伙，果然偷藏了大量古代魔法文明時代的發掘品。

確信自己占有數量優勢的討伐軍，下令全軍突襲在根據地前方布陣的紐倫貝爾格公爵，結果卻被事先巧妙地藏在戰場上的複數金屬龍魔像的吐息燒傷，即使皇帝再次下令突擊，這次又換遭到擁有動物外形的魔像衝撞。

那些魔像只要一被攻擊，就會爆炸並大範圍地散布許多碎片，造成許多指揮官的死傷，全軍也因此潰散。然後就輪到紐倫貝爾格公爵下令全軍突擊。

結果紐倫貝爾格公爵幾乎沒受到任何損害，反倒是討伐軍被打得潰不成軍。

「王國也有在地下遺跡發現發掘品，就算在帝國發掘出類似的東西也不奇怪。」

根據密探的報告，其中又屬金屬龍特別威猛，只靠幾發吐息就殺死了幾千名討伐軍的士兵。

「是之前在地下遺跡遇到的那個嗎？」

「應該是一樣的東西。」

伊娜似乎想起了之前和我們戰鬥過的金屬龍，我想應該都是相同的東西。

雖說是三十萬大軍，但被打成這樣後，也只能等著潰散。

全軍潰散後，紐倫貝爾格公爵一鼓作氣進攻，翻倒了皇帝搭乘的轎子。

滿身泥巴的皇帝向高舉寶劍的紐倫貝爾格公爵求饒，但紐倫貝爾格公爵只說了句「真難看」，就一劍砍下他的頭顱。

「真虧你能帶回這麼多情報。」

「因為我待在後方，然後皇帝的其中一名跟班臉色蒼白地逃來我這裡。」

那位跟班是個貴族，所以仍留在當地努力整合失去皇帝後逐漸崩壞的軍隊。密探則是直接策馬逃回這裡。

「逃得真漂亮。加特拉騎馬的技術果然厲害。」

那位密探似乎叫加特拉。當然，他也是彼得的其中一位家臣。

「哥哥他們的狀況如何？」

「每位副將似乎都各有一支自己的軍隊，但下場應該和皇帝一樣。」

「我想也是。他們的才能和經驗都不足以從那種戰況振作。」

討伐軍根本就不是紐倫貝爾格公爵的對手。紐倫貝爾格公爵之所以暫時從帝都撤退，是因為有信心只要能將敵軍引到自己的地盤，就能利用地下遺跡的遺物取勝。

金屬龍……亦即龍魔像非常沉重，所以紐倫貝爾格公爵才會將其設置在自己的地盤，這樣比較好找施工的人手。

「居然一直溫存到與皇帝的戰鬥……真的被他擺了一道！」

「這種新武器，通常都是第一次用時最能發揮效果。如果用在泰蕾絲大人或我們這些戒心較重的人身上，可能就沒那麼有效。所以他才選擇對皇帝使用。」

布蘭塔克先生說得沒錯。

結果皇帝親自率領的三十萬大軍慘敗，皇帝本人也戰死。

再也沒什麼比這更令人震撼了，紐倫貝爾格公爵以最有效的方式打出了他的王牌。

「雖然跟預期的一樣，但聽見我方慘敗，心情還是會不太好。」

看來彼得也是個有血有肉的人。儘管他平常總是在講家人的壞話，但父親和哥哥們的死還是有對他造成打擊嗎？不對，他應該是對被那些笨蛋連累的死者感到愧疚吧。

「那麼，託加特拉的福，我們算是最早獲得情報的人。回到領地的菲利浦公爵還要一段時間，才會收到臭老爸戰敗身亡的消息。而且帝都馬上就會陷入嚴重混亂。我們要溫柔地支援他們。」

然而不愧是彼得，他向大家宣布必須立刻行動。如果不像他這麼大膽，或許就當不了皇帝。

「雖然戰敗了，但不需要太悲觀。我們還是有辦法重組軍隊。」

多達五十萬人的軍隊，不可能就這樣全滅，尤其是負責在後方支援的二十萬人，幾乎沒有死傷。應該沒有人會為了替皇帝報仇，而留在當地繼續戰鬥吧。

「紐倫貝爾格公爵的軍隊很可能會趁勝追擊，進攻帝都。不如說，他現在的首要目標就是盡快攻下帝都。」

紐倫貝爾格公爵領地和帝都的距離原本就比菲利浦公爵領地短。泰蕾絲接下來必須召集所有軍隊，不可能來得及救援帝都。

「有一些貴族原本就對這次的紐倫貝爾格公爵討伐行動抱持危機感，帝國軍裡的優秀人才也大多是被分派到留守部隊或後方支援部隊，除此之外……」

彼得將雙手搭在我的肩膀上。

「還有你的王國軍，和我在沙卡特組織的軍隊。瑞穗伯國軍也是可靠的同伴。雖然應該會有不少笨蛋反對依靠外國的軍隊，但現在速度才是關鍵。我們要公布臭老爸的死訊，一口氣奪下政權。」

看來果然無法一覺睡到天亮。

彼得下令全軍出動，在陣地裡掀起一陣喧囂。

「加特拉。」

「是！」

「你先進帝都，向拜爾萊因和藍茲貝爾格伯爵做相同的報告。」

「遵命。」

「威德林，你很在意嗎？他們是我的同志，之後將會幫我們打開帝都的大門。」

包含帝國軍的那些人在內，波佩克、吉伯特、艾梅拉和其他家臣似乎也都在我不知道的地方行動，看來彼得事先進行了不少交涉。作戰計畫是等帝都的正門一開，就要全軍入城接收皇宮與帝國軍的設施，讓彼得掌握帝國的實權。

雖然這也算是一種政變，但這也是無可奈何。既然皇帝已死，如果不讓某人繼承權力，帝都將再次落入紐倫貝爾格公爵的掌中。

「威德林只要待在我身邊看就行了。畢竟這方面的工作必須由我們主導才行。」

「話雖如此，其實你已經準備好要利用我了吧。」

就算我什麼都不做，只要待在彼得身邊，就能當成一塊活招牌。

「實際行動時，果然還是會希望手中的牌愈多愈好。人只要一急，不管是誰都能使喚。」

彼得毫不愧疚地宣告將利用我。

「為了公平起見，我可是會跟你收錢喔。」

「這是當然。那我們走吧。」

我們只留下少數士兵留守野外陣地，就帶著所有人前往帝都正門。

「（臭老爸……你真是可憐啊。）」

「你剛才有說什麼嗎？」

「沒事。走吧！接下來就是我的時間了！」

從政變開始到死前，都被紐倫貝爾格公爵玩弄在鼓掌之中的可憐皇帝阿卡特十七世，短短半年的在位期間就這樣結束了。

之後查閱書籍時，我發現他的在位期間是一百七十八天。

這在歷代皇帝當中算是第二短。

此外在位期間最短的皇帝，是在約一千一百年前，僅在位十七天就猝死的阿卡特三世。

第五話　我們將成為歷史見證人……雖然基本上沒做什麼

率領討伐軍的皇帝，如同彼得的預測被紐倫貝爾格公爵所殺。
最早獲得這項情報的彼得，企圖將幾乎所有駐守在帝都郊外的軍隊都帶進帝都。
這是為了在皇帝的死造成混亂前，強行奪取政權。
「不行！夜晚不能讓任何人進城！」
「這是緊急狀況。」
「殿下，不論有什麼緊急狀況……」
城門的守衛和統率他們的將領都固守城門，主張按照規定不能放人進城。
他們既是軍人也是官員，必須忠實地遵守上層的命令。
即使是彼得的請求，他們也不能輕易開門。
畢竟誰都不想因此被處罰。
「約好要幫忙開門的同志還沒到嗎？為爭取時間。要強行通過嗎？」
「如果這麼做，忠於職守的他們會很困擾吧。當然，我早就有所準備。」
彼得自信滿滿地說完後，沒過多久，門後方就出現一個看起來地位比守門的將領高的軍人。

「把門打開，讓殿下他們進城。」

「拜爾萊因大人，這樣真的好嗎？」

「責任由我來擔，所以快點讓他們進來。」

「呃……遵命。」

那名守門的將領看起來就是典型的軍人，名叫拜爾萊因的人一下令，他就不情願地打開了門。

軍人和官員的其中一個特質，就是無法違抗上級的命令。

而另一個主因，就是拜爾萊因說他願意「負責」。

畢竟每個人都不喜歡背負責任。

「那麼殿下，請進吧。」

「我會先去皇宮。控制帝國軍總部的工作就拜託吉伯特了。」

「請交給我吧。」

彼得指派替自己指揮軍隊的吉伯特去控制帝國軍。

「拜爾萊因也去幫忙吧。」

「遵命。能再次在閣下底下做事，是我的光榮。」

吉伯特和拜爾萊因，以前似乎是上司和部下的關係，所以兩人開心地接受了彼得的命令。

「我還沒重新復職喔。」

現在的吉伯特，還只是彼得私人僱用的人員。

「雖然波佩克閣下也是如此，但這只是時間的問題。哎呀，得快點開始工作才行。」
「菲利浦大人，請你和瑞穗伯國軍一起聽從吉伯特的指揮。」
「了解。艾爾文也借我用一下。」
「做這種事還真令人緊張。」
「艾爾先生，我也會幫忙。」
「謝謝妳，遙小姐。」
未婚夫妻相處融洽是件好事。
我和彼得率領的軍隊，現在絕大部分都交給吉伯特指揮，他們開始和掌管帝國留守部隊的拜爾萊因，一起鎮壓帝都各處。
「必須盡快任命吉伯特為帝國軍最高司令官，和紐倫貝爾格公爵戰鬥才行。畢竟在用兵方面，只有吉伯特能與紐倫貝爾格公爵抗衡。」
「這樣好嗎？」
「你是指他的家世嗎？雖然應該會有人不滿，但都能用情況緊急壓下去。只要開了先例，剩下就隨我高興了。幸好會囉唆的人幾乎都被紐倫貝爾格公爵殺得差不多了。僅限於這部分，應該要感謝他吧？」
雖然彼得這段話聽起來還滿恐怖的，但諷刺的是，正因為上層的人都被殺掉了，現在才能夠依照實力安排職位。

「我們去皇宮吧。」

與大部分的軍隊分開行動後，我們只帶了幾十個人前往皇宮。

接下來要去的皇宮，似乎禁止大軍進入。不過那裡既沒有什麼嚴密的防衛設備，也沒有多少守衛，就算帶大軍進入也沒什麼意義。

「那麼，我們就去會會那個腦袋裡塞滿鮮奶油和巴伐利亞奶油的女人吧。」

「殿下，那個感覺腦袋很差的女人是誰啊？」

「是我的義母。也就是我那些哥哥們的母親。」

「你講話還真不留情。」

「因為不管再怎麼修飾，她都是個無藥可救的愚蠢臭女人。」

面對布蘭塔克先生的問題，彼得毫不避諱地直接回答。

明明只要被周圍的人聽見就會釀成大禍……彼得還是直呼現任皇帝的正妻為臭女人，看來他真的很討厭她。

「看來你不是很喜歡她。」

「導師大人，別說是不喜歡了，我最討厭的人就是她。那女人是個性格惡劣的笨蛋，有事沒事就炫耀自己的家世，真是吵死人了。聽那個女人說話只會浪費貴重的時間，還是速戰速決吧。」

「（威爾大人，我們之前好像也遇過類似的人。）」

「（沒錯……）」

薇爾瑪在我耳邊低語，我也忍不住表示贊同。

布洛瓦藩侯家發生紛爭時，已經去世的布洛瓦藩侯的正妻也給人這種感覺。因為對克里斯多夫不好意思，所以我沒提起那個人。

在彼得帶領下，我們幾十個人一起前往皇宮。這裡的警備兵們很乾脆地就讓我們進入皇宮。

「事前的準備奏效了嗎？」

「是的，應該是藍茲貝爾格伯爵的安排。」

艾梅拉簡潔地回答我的疑問。

彼得說過皇宮裡也有協助他的人。

「他是個什麼樣的人？」

「呃……是個非常喜歡女性的人……」

「喔喔！這不是殿下嗎！我已經按照之前的計畫，控制了皇宮。話說除了艾梅拉大人以外，又多了好幾位美麗的女性呢。可愛的小姐們，我叫哈爾穆特．凱澤．馮．藍茲貝爾格。」

藍茲貝爾格伯爵，是個二十出頭，只能用貴公子形容的人物。

雖然他沒有特別修剪顏色比露易絲還深的藍髮，但從散發的光澤來看，他應該有仔細保養。他的服裝乍看之下非常樸素，但似乎是使用高級材質縫製而成，所以看起來反而更有特色。

外表似乎也比師傅和埃里希哥哥還要帥一點。

稱得上是個完美無缺的清爽型長髮貴公子。

「剛才收到殿下的聯絡後，我就把會礙事的傢伙都關進房間裡了。雖然有一名滿身香水味的老太婆吵得特別厲害。」

「真是辛苦你了。」

連藍茲貝爾格伯爵這個喜歡女性的帥哥，都忍不住講彼得義母的壞話。

看來那個人平常的言行真的很糟糕。

「是的，殿下。不過這裡有五位華麗的小姐在。請務必用妳們優美的聲音，告訴我各位的芳名。」

儘管是聽來非常輕浮的奉承話，但不可思議的是由藍茲貝爾格伯爵來說，就顯得有模有樣。

果然帥哥不管做什麼或說什麼，都還是帥哥。

我明明早就從師傅和埃里希哥哥那裡學到這個道理。

「我叫艾莉絲，是鮑麥斯特伯爵的妻子。」

「我叫伊娜，同樣是鮑麥斯特伯爵的妻子。」

「我叫露易絲，其他一樣。」

「薇爾瑪，和她們一樣。」

「我叫卡特琳娜，我也是鮑麥斯特伯爵的妻子。」

考慮到現在的情況，五人的自我介紹都非常簡短。

藍茲貝爾格伯爵似乎並不在意艾莉絲她們的招呼太過簡短。

「喔喔！能讓我這個眾人公認的帝國最強愛情獵人看上的五位美女，居然都是鮑麥斯特伯爵大人的妻子！這真是讓我藍茲貝爾格感嘆至極。」

「喔……」

藍茲貝爾格伯爵像是在演戲般，做出誇張的驚訝反應。

如果是普通人這麼做，應該會惹人發笑，但神奇的是，由他來做時就顯得煞有其事。

「雖然感到非常遺憾，但今晚能遇見這麼多美麗的女性，還是讓我大飽眼福。我是愛情獵人。儘管總是到處流浪追求新的愛情，但我不會無禮到對他人重視的人下手。所以請原諒我今晚只能跟各位打個招呼。」

雖然不曉得有什麼好原諒的，但藍茲貝爾格伯爵禮貌性地單膝下跪，輕輕親了一下五人的手背。

他的動作非常優雅，所以我完全不覺得討厭。

如果感到不快，艾莉絲她們應該會拒絕，但從她們坦率地接受來看，她們對藍茲貝爾格伯爵的印象並不壞。

「藍茲貝爾格伯爵，我也在這裡喔。」

「殿下，非常抱歉。畢竟那個人的毒弄髒了我的眼睛，所以包含艾梅拉大人在內，我必須透過這些美女來治療。」

「藍茲貝爾格伯爵大人，您一點都沒變呢。」

「如果艾梅拉大人願意成為我的妻子，我隨時都能放棄當愛情獵人。」

「我不相信。」

「您真是嚴厲。那麼，就由我來替各位帶路吧。」

看來不只是彼得，就連藍茲貝爾格伯爵都對艾梅拉有好感。

不過艾梅拉的反應，和面對彼得時沒什麼差別。

之後藍茲貝爾格伯爵帶領我們來到現任皇帝正妻的私室。

「唔哇，好多禮服和裝飾品。」

差不多有二十五坪大的房間裡，擺滿了昂貴的服飾。

量多到讓露易絲發出感嘆。

「這些都是浪費造成的結果。因為腦袋裡都是鮮奶油無法忍耐，所以想要什麼就會立刻買下來。」

彼得不停說皇后的壞話，但看來這並非只是因為對方是他的義母。

「嗚嗚……我好像聽說過類似的人……」

「聽說過？」

「嗯，就是布雷希洛德藩侯大人的姑姑……」

伊娜表示布雷希洛德藩侯的姑姑，也是個腦袋少根筋又浪費成性的人，替布雷希洛德藩侯這個姪子添了許多麻煩。

這麼說來，的確是有這麼一個人……

雖然我也只在婚禮上看過，所以不太清楚。

「到哪裡都有這種人呢……」

「不管是王國還是帝國，這種人都有一定的數量。」

彼得告訴伊娜這不是什麼稀奇的事情。

「彼得殿下，今晚到底是在吵什麼？」

在擺滿了許多禮服和裝飾品的房間深處，一名中年女性一看見彼得就氣得走向他，她應該就是被關在寢室裡的皇后。

「義母大人，您沒收到報告嗎？」

「我才不想被你這種下賤的男人叫義母。居然在陛下不在時引發這種騷動。即使你是他的兒子，也不會被原諒。等著被好好處罰吧。」

該說是幸運嗎，這位皇后似乎也很討厭彼得。

若只有其中一方對另一方抱持好感就太可憐了，所以我覺得這樣反而比較好。

或許是以為引發騷動的彼得之後將被皇帝處罰，皇后開心地逞威風。

「（濃妝老太婆。）」

「（噗！）」

薇爾瑪一看見皇后就小聲說她壞話，害我差點笑出來。

雖然皇后年輕時或許很漂亮，但現在的她不僅濃妝豔抹還穿戴得非常誇張，給人的感覺……就像是熱帶地區的鮮豔鳥類。

難怪審美標準嚴格的藍茲貝爾格伯爵會討厭她。

「必須在公開場合稱呼妳這種只有家世可取的女人義母，也讓我覺得很委屈啊。啊，這些事可以晚點再說。皇帝陛下已經被紐倫貝爾格公爵殺害。哥哥們也行蹤不明，但應該可以認定他們已經死了。」

「這怎麼可能。你是想散布假情報發動內亂吧。出身下賤的孩子果然很會惹麻煩。」

皇后不願意相信自己的丈夫和親生兒子的死訊，開始責備彼得發言失當。

「我才不在乎妳怎麼想，這是純粹的事實。何況我好幾個月前就提過這個可能性了。」

「我沒空聽你在這裡胡說！」

「胡說嗎……要是這樣就好了。亞雷侯爵還沒來報告嗎？他這個諜報部門的領導者到底在幹什麼？我聽說他最近有了新的愛人，正和妓院的前紅牌打得火熱。連這種緊急時刻都不見蹤影，該不會還在床上忙吧。」

「你這個下賤的傢伙，居然敢侮辱我的哥哥！」

皇后的外表是個典型的老貴婦，她因為自己的哥哥被侮辱而露出惡鬼般的怒容。

看來亞雷侯爵是利用妹妹是皇帝正妻這層關係才當上高官，這就是俗稱的外戚專政吧。

「再和妳說下去也只是浪費時間罷了，反正再過兩三天妳應該就會收到報告。你們好好監視皇后殿下。」

彼得瞄了皇后一眼後，就命令帶來的士兵將皇后軟禁在房間裡。確認士兵開始動作後，彼得立即前往寶座大廳。

那裡已經有十幾名貴族和軍人在等候。

「那麼，『皇帝的羽毛筆』呢？」

「在這裡。」

一名贊同彼得行動的宮廷貴族，將一支裝飾華麗的羽毛筆遞給他。

「羽毛筆？」

「這是特殊的魔法道具。只要用這個簽名，就能讓文件生效。」

這似乎是以前為了避免有人假冒皇帝下令，而製造出來的魔法道具。

因為只有皇帝能夠使用，所以只要用這個在文件上簽名，就會產生法律效力。

據說只要使用簡易的魔法道具，就能馬上調查出文件是不是用這枝筆簽的。

順帶一提，如果有人偽造皇帝的文件或簽名，將依法判處死刑。

「真是厲害的魔法道具。」

「是啊。據說現在已經再也無法做出相同的東西。這個就暫時由我來使用……不對，以後應該會用很久吧？」

「這麼做是沒關係，但現任的那些閣僚該如何處置？」

「目前姑且先傳喚他們吧。反正之後都要開除。等天一亮就召集議會，總之先把能出席的人叫來。」

彼得輕快地坐上寶座，對陸續來到這裡的貴族與軍人們下令。他們事先似乎已經有詳細商量過，皇宮裡馬上就恢復平靜。

他也成功控制了帝國軍總部，這樣應該算是無血政變吧？

我們只是靜靜地在一旁觀看。

我本來打算事後要在日記裡寫下「我們成了歷史的見證人」。

但我寫日記從來都不會超過三天。

「擁有五位美麗妻子的吾友，鮑麥斯特伯爵啊。」

「呃，你是藍茲貝爾格伯爵吧？」

「我的朋友都叫我哈爾。雖然國家不同，但我們彼此都是伯爵，就讓我們好好相處吧。」

在所有人都很忙碌時，不知為何只有藍茲貝爾格伯爵看起來很閒，只顧著和我打好關係。

「那個……藍茲貝爾格伯爵大人不用幫忙嗎？」

「艾莉絲大人，我是在皇宮生活的愛情獵人，根本就不懂軍事與政治。」

藍茲貝爾格伯爵家似乎是長年幫皇宮打理事務的名譽貴族家。

他們完全不會接觸軍事、內政或財務的工作，只負責處理皇宮與其周邊的所有雜務。

基於職務性質，他們非常擅長溝通，不僅能與傭人或貴婦等各式各樣的人交際，也具備接待高貴人物時需要的文化與藝術素養。

然後大部分的當家，都很受女性歡迎。

他的確是個人見人愛的美男子。如果我一出生就是像他那樣的人，或許人生會過得更快樂。

「我是只能活在皇宮的男人。」

我覺得彼得找到了一個好人才。

雖然藍茲貝爾格伯爵在政治和軍事方面確實派不上什麼用場，但能巧妙壓抑那個歇斯底里的皇后不讓她失控，真的是非常厲害。

皇宮裡有許多女人、小孩、女僕和傭人在穿梭，將熟悉這裡的他拉到自己陣營，在戰略上是非常合理的行動。

順帶一提，他也很清楚之前那枝羽毛筆放在哪裡。

能夠說服守護帝都的衛兵和貴族，也是因為有他鼎力相助。

「殿下他們似乎很忙，我送威爾你們到迎賓館吧。」

藍茲貝爾格伯爵不知何時開始稱我為威爾，但不可思議的是，我一點都不覺得不自然。

「沒關係嗎？」

「當然。因為明天必須再次借用各位的力量，所以你還是好好休息，讓魔力恢復比較好。」

反正明天還要再找閣僚和議員們來談話。

其中或許會有人舉兵反對彼得的行動。

所以有魔法師在會非常有幫助。

「那我就不客氣地去休息啦。」

「這樣最好。因為明天可能會有很多人掀起不必要的騷動。」

「結果還是被殿下利用了呢。」

「唉，這也是無可奈何的事。」

誰叫泰蕾絲要犯下那種失誤。

如果不協助彼得，我就無法返回王國。向伊娜說明過後，她也表示理解。

「伊娜大人，這時候應該這麼想吧？思鄉之情勝過一切，所以各位才會協助殿下。」

「我的確很想早日回到鮑麥斯特伯爵領地。」

「如果帝國繼續混亂下去，王國之後也將面臨許多麻煩。讓殿下統一帝國，和王國建立友好關係後，各位就能毫無後顧之憂地探索西部和南部，或是進行殖民吧。」

「藍茲貝爾格伯爵，你……」

「伊娜大人，我是皇宮的居民兼愛情獵人啊。」

其實只要藍茲貝爾格伯爵有那個意思，應該也能成為優秀的政治家。

如果他真的只是單純的皇宮居民，根本就不會選擇跟隨彼得。

「那麼，請各位好好休息。」

隔天早上，我們起床吃完早餐後，就再次前往寶座大廳。

然後發現有許多閣僚和軍人聚集在那裡。

「怎麼能夠承認這種不法的行為！」

昨晚大吵大鬧的皇后也在，她不斷怒罵坐在寶座上的彼得。

彼得也直接擺出一副不在意的表情。

「因為現在是緊急狀況。比起這個，亞雷侯爵，你沒收到討伐軍戰敗的消息嗎？」

「呃……雖然原因不明，但與討伐軍的定時聯絡突然中斷了……」

皇后的哥哥瞬間露出像在說「這個臭小鬼！」的表情，然後慌張地回答彼得的問題。

現在帝都大部分的軍人都站在彼得這邊，所以他根本不敢公開批評彼得。

他是因為皇帝無法信任其他人，才得以掌管諜報部門，然而他既沒有能力也不適合這份工作，至今仍未掌握討伐軍潰敗的事實。

亞雷侯爵只能邊用手帕擦汗，邊回答彼得的問題。

「所以說，我這邊已經收到討伐軍慘敗與陛下和哥哥們戰死的消息！為什麼你會什麼都不知道？克倫佩勒軍務大臣，您應該也有收到情報吧？畢竟軍方也有自己的諜報部門。」

「我們只收到陛下和皇子們下落不明的消息……」

「那麼包含後方支援人員在內，在紐倫貝爾格公爵攻打帝都前，那五十萬人大約有多少人能回來？紐倫貝爾格公爵想盡快攻下帝都，所以應該不會執著於掃蕩殘黨。他一定會認為只要攻下帝都，那些敗逃中的敵人就會立刻投降。」

彼得露出邪惡的笑容，開始說明接下來會發生的事情，集合在此的閣僚和軍人們，都因此變得臉色蒼白。

大概是不想和這件事扯上關係吧。

「順帶一提，紐倫貝爾格公爵的軍隊幾乎沒受到損害。」

超過十萬人的精銳，將一口氣攻向帝都。

和這項事實相比，讓彼得掌握實權根本就不算什麼。

畢竟他們根本就不覺得自己有勝算，所以害怕彼得會反駁「那就由你來指揮軍隊，迎擊紐倫貝爾格公爵」。

「我已經掌握陛下戰死的消息。那麼，你們接下來打算怎麼辦？」

「這還用說嗎！你一定是在說謊，亞歷山大和朱利安，我的孩子們不可能已經死了！」

「現在就算說這種謊也沒意義，而且即使他們還活著，也跟我一樣沒有指揮軍隊迎擊的權限。」

「……」

帝國的皇帝是透過選舉決定，即使皇帝去世，其子也不會有任何權限。

如果想獲得權限，就必須在皇帝選舉中獲勝。

「紐倫貝爾格公爵的軍隊馬上就要到了，即使情報有誤，他們真的奇蹟似的活了下來，應該也沒時間應付吧……」

必須要有人整合戰力，和紐倫貝爾格公爵戰鬥。

彼得詢問聚集在這裡的所有人「除了我以外，還有其他人願意承擔這個責任嗎」。

「義母大人，您要不要試試看為了弔祭戰死的陛下和兒子而戰？雖然只要打輸就必死無疑。哎呀，抱歉，我忘了亞雷侯爵家都是不怕死的勇士。請您務必借用您兄長的力量，討伐紐倫貝爾格公爵。」

「你說我？」

「是的，只要借用您兄長的力量就沒問題了。」

「我嗎？」

彼得的提議，讓皇后和她的哥哥亞雷侯爵瞬間變得臉色蒼白。他們之前明明都還認為能輕鬆戰勝紐倫貝爾格公爵，結果討伐軍一打輸，就沒把握能防衛帝都了。

若擔任領導人，在打輸後一定會被紐倫貝爾格公爵處刑。

他們就是因為明白這點，才不想承擔責任吧。

尤其是皇后，剛才勇敢的態度一下就不知道消失到哪兒去了。

「我要回房間替丈夫和孩子們服喪。」

「我沒妥善執行諜報任務，所以必須引咎辭職……」

兩人說完後，就逃也似的離開寶座大廳。

「我也……」

「突然不太舒服……」

聚集在這裡的貴族，大多都是透過奉承皇帝才取得現在的地位、在政變時向紐倫貝爾格公爵搖尾乞憐的傢伙。所以發現這艘船快沉了後，都想趕緊逃離，幾乎所有閣僚都在表示辭職之意後離開寶座大廳。

「威德林，看起來很慘對吧？」

「這要看王國陷入相同狀況時，會不會也是這樣才能判斷。」

無論平時再怎麼優秀，還是有很多人會在面臨緊急狀況時變得沒用。

「那些笨蛋主動辭職，對我來說是件好事。只要我還有一口氣在，就不會再讓他們任職。只要不受限於爵位，任用優秀的人才就行了。那麼，接下來輪到議會了。」

彼得一前往議會場，就發現只有不到一半的議員出席。

「各位議員！我先跟各位說明現況。」

彼得向議員們說明至今發生的狀況，幾乎所有人都陷入沉默。

坦白講，他們應該都不曉得該怎麼辦。

即使想舉辦皇帝選舉，紐倫貝爾格公爵也會在他們湊齊候選人之前攻打過來。

「所以我提議由我彼得．奧斯華．戴流士．馮．阿卡特擔任宰相進行迎擊，不曉得各位意下如何？」

議員們全都陷入沉默，沒人回答彼得的問題。

因為沒想過會發生這種事，所以大家都不曉得依法該如何判斷。

「我覺得無妨。現在必須盡快準備迎擊。」

此時身為議員的梅亞商會當家提出贊同的意見。他是和彼得關係密切的商人。

「說得也是。現在不是拘泥於形式的時候。」

「時間寶貴。必須盡快鞏固帝都的防衛才行。」

以他的發言為契機，又多了幾名議員表示贊同，想不出其他解決方法的議員們，決議讓彼得擔任宰相。

這樣他就成了實質的領導者，可以準備迎擊即將來犯的紐倫貝爾格公爵。

「到目前為止都很順利。」

順利當上宰相的彼得辛勤地工作。

他任命重新復職的波佩克和吉伯特指揮帝國軍，依據實力重新任命的閣僚們也忙得不可開交，包含北部地區在內，各地都開始派人過來報告現狀和請求支援，事前就已經交涉完畢的瑞穗伯國，立刻緊急派遣兩萬名軍隊前往那些地方。

「瑞穗伯國軍勉強趕上了。」

看來事先祕密與瑞穗上級伯爵進行會談是正確的選擇。

「北部諸侯的狀況如何？」

「來不及。應該說菲利浦公爵不會讓他們來得及。」

立場上，泰蕾絲不可能讓北部諸侯的援軍及時抵達。因為下任皇帝最有力候選人的位子，突然被彼得給搶走了。

既然如此，不如等紐倫貝爾格公爵攻下帝都後再派援軍過來。

雖然只要從索畢特大荒地的野戰陣地出兵就來得及，但比起送準備不足的援軍過來然後被打敗，不如整合好所有軍隊後再出擊。這是因為對現在的泰蕾絲來說，彼得是和她爭奪下任皇帝寶座的敵人。

「姑且不論援軍，帝國軍的狀況如何？」

「編組得非常順利。」

殘留在帝都的部隊約有三萬人，很多幹部和將校因為反對紐倫貝爾格公爵討伐作戰，而被調離容易立下功勞的前線，所以目前不缺人才。

在討伐軍當中，比較靠近帝都的部隊也開始出現逃亡者。

只要將他們一起收編進來，應該就能勉強一戰吧。

「總會有辦法的。因為紐倫貝爾格公爵也沒預料到我的存在。」

「彼得認識紐倫貝爾格公爵嗎？」

「對方應該也至少聽說過我這個人吧？就某方面來說，他也算是典型的大貴族，所以不會和摻雜了一半平民血統的我來往。」

聽說紐倫貝爾格公爵占領帝都時，彼得和部下們都在魔物領域附近狩獵和露營靜待時機。

當時紐倫貝爾格公爵也沒打算特地派軍隊去抓他，結果就這樣被彼得逮到了機會。

「紐倫貝爾格公爵認為留在帝都的戰力都是沒有指揮者的烏合之眾，他的這份大意，讓我們占據了一些優勢。除此之外，我還做了不少準備。」

除了收集人才和編組軍隊以外，為了壓抑民眾的動搖，我們將之前在魔物領域討伐的頭目陸龜王虹之阿薩爾德的甲殼，擺在帝都的中央廣場展示。

由於過去許多帝國軍人與知名冒險者都未能成功討伐那隻魔物，因此這個舉動成功讓當時負責指揮討伐作戰的彼得聲名大噪。

公開展示這項成果，除了壓抑民眾的動搖以外，也有暗示紐倫貝爾格公爵將會和這隻大龜一樣被打敗的意思。是提升士氣的策略之一。

「殿下，『男爵大人』要求會面。」

「讓他進來吧。」

另一件可能會對防衛帝都造成妨礙的事情，如今也被解決了。

帝都西部的貧民窟之王——通稱「男爵大人」的優秀治癒魔法師，和替他指揮義警團的蘭族男子藍道夫一起現身。

「殿下，首先我要恭喜您成功奪得政權。」

據傳是貴族私生子的他，恭敬地向彼得請安。

「接下來才是關鍵。你那邊還順利嗎？」

「西部城牆的修理工作順利結束了。藍道夫也將義警團訓練得很好。」

「只是在能力所及的範圍內。」

雖然男爵大人旁邊的藍道夫謙虛地回答，但他作為軍人的才能是貨真價實的。只因為曾跟隨過哥哥就放逐如此優秀的人才，泰蕾絲這麼做也真是太浪費了。

「與紐倫貝爾格公爵開戰在即，照理說應該要繃緊神經，但能搶先泰蕾絲一步，還是讓人覺得痛快。」

藍道夫對將自己趕出故鄉的泰蕾絲，似乎還是存有嫌隙。因此他對搶先泰蕾絲一步的彼得抱有好感。

「如果我們獲勝，我會將之前解放的領域賜給你們當領地。期待你們的奮鬥。」

「殿下一直以來都有遵守約定。我們也會為了新天地奮鬥。」

摻雜平民之血的皇子、平民、下級貴族和貧民窟的居民。

不拘泥於血統的彼得順利完成準備工作，而他與計畫再次攻下帝都的紐倫貝爾格公爵之間的決戰也即將展開。

第六話　帝都防衛決戰

「哎呀，紐倫貝爾格公爵的動作比預期的還要快。感覺應該能勉強趕上吧？」

在帝都南側的城牆上，帝都防衛戰的最高負責人彼得，眺望著朝這裡逼近的紐倫貝爾格公爵家諸侯軍說道。

皇帝死後，那些認為帝國已經沒救的人選擇投降紐倫貝爾格公爵，而順利逃跑的倖存者則是和解放軍會合。所以兩軍目前的兵力差不多。

我本來以為防守的那一方會比較有利，但仔細看就會發現帝都的城牆比想像中還破舊。

紐倫貝爾格公爵軍擁有會爆炸的魔像和金屬製的龍魔像，這些武器似乎也能拿來當成攻城兵器。

儘管紐倫貝爾格公爵沒預料到彼得的存在，但我們這邊的狀況也不怎麼樂觀。

「那就是之前提到的會爆炸的魔像嗎？那個應該能輕易破壞城牆吧。不如說光靠龍魔像的吐息應該就夠了？」

另一個問題，就是帝都占地遼闊，所以包圍帝都的城牆極長。

從紐倫貝爾格公爵的角度來看，他想從哪裡入侵都行。

「龍魔像很重，使用起來沒那麼方便，所以應該會放在大本營吧……」

「露易絲大人，很遺憾，那似乎能靠人力搬動。」

彼得用望遠鏡觀看後，發現士兵們正接連用巨大的推車將金屬製的龍魔像搬到前線。那看起來比我們之前在地下迷宮遇到的龍魔像還小，使用的金屬素材也不是什麼高價品。感覺就像是重視數量的廉價量產品。即使如此，應該還是能輕易破壞帝都的破爛城牆。畢竟之前已經有許多討伐軍士兵死在那個武器手上。

「諷刺的是，認真施工過的西側城牆反而是最堅固的地方。」

雖然用的是彼得借來的錢，但男爵大人在獲得支援後有確實修繕城牆。

導致那裡甚至變得比其他沒整修過的城牆還堅固。

「有總比沒有好，比起城牆，還是人的部分比較重要。」

「即使犧牲城牆，也要多打倒一點敵兵爭取時間。要是被突破，就以靠近城牆的民宅為盾，讓占據地利的帝國軍進行防守。」

如果只依靠城牆會很危險，所以波佩克擬定了雙重的防衛對策。

「再來就只能寄望於鮑麥斯特伯爵大人們的活躍了。」

「參謀長大人，你還真是會使喚人呢。」

「請放心，在這場戰鬥中，每個人都會非常忙碌。」

「我知道了。」

「我之後會送領地釀的酒給您，還請您多多包涵。」

「在下也想要！」

雖然布蘭塔克先生和導師應該不是真的為了波佩克領地生產的酒參戰，但總之我們都認為必須打倒紐倫貝爾格公爵。

塔蘭托的死已經算是賞了他一記刺拳，接下來必須瞄準他的身體。

我從來沒打過拳擊，但還是忍不住用拳擊來比喻。

「再來就要看泰蕾絲的動向了。」

「因為是威爾的危機，所以她或許會勇敢地率領軍隊過來……」

「她也有她的立場，應該不會為了我送援軍過來。」

「也可能是認為威爾一定不會死吧？」

「伊娜大人，不管再怎麼說，菲利浦公爵都太過依賴威德林了。」

只要泰蕾絲有那個意思，應該來得及從索畢特大荒地派幾千名援軍過來，但她並沒有那麼做。

即使援軍趕上並打贏，也只會被認為是在彼得的指揮下獲勝。

她已經將彼得視為對手。

如果她沒當上皇帝，北部的諸侯們就得不到好處，所以他們也跟著將彼得視為敵人。

「泰蕾絲大人的事可以之後再處理。現在得先設法應付紐倫貝爾格公爵軍。」

「卡特琳娜說得沒錯。」

所有人的視線，都朝向列隊逼近帝都的紐倫貝爾格公爵軍。

「由精銳組成的紐倫貝爾格公爵家諸侯軍，終於要全力出擊了嗎？」

除此之外，敵軍還吸收了原本參加討伐軍但後來叛變的將士，所以數量驚人。

我們這邊也吸收了撤退的帝國軍，所以雙方的士兵數量差距並不大。

「威爾，好像有許多貴族叛變了。」

「之前對紐倫貝爾格公爵搖尾乞憐，在帝都解放後跟隨皇帝，現在又再次歸順紐倫貝爾格公爵啊。貴族還真是辛苦。」

不管是什麼身分，大部分的人都會希望能活下去。所以為了存活而連續叛變也沒什麼好奇怪的。

儘管艾爾不以為然，但武臣先生在這方面意外地看得很開。

「不過他們又被派去打頭陣了。」

遙的表情像是在說「又來了」。

而且後方還配置了之前提到的龍魔像。只要他們一轉身逃跑，就會被吐息消滅。前進是地獄，後退也是地獄。

「這世道真是愈來愈艱難了。如果出現太多死者，對帝國也會造成很大的打擊……紐倫貝爾格公爵到底在急什麼？算了，現在也只能設法獲勝了。」

彼得一打信號，全軍就舉起旗子，表示已經完成應戰準備。

只要打輸就會失去容身之處，所以我方的士氣比我預期的還要高昂。

彼得、吉伯特和波佩克挑選指揮官時，是以實力為標準，這也讓大家能夠相信自己不會死得毫無價值。

「準備迎擊！由我來打頭陣！」

吉伯特的命令剛傳遍全軍，敵人的先鋒部隊就朝南側城牆發動突擊。

等距離縮短到一定程度後，雙方便開始發射大量箭矢與魔法。

運氣好的人，會有魔法師或盾牌幫忙擋下攻擊，運氣不好的人，則是平等地被擊倒。

攻擊方的犧牲比較慘重。

「事到如今，還想保留精銳啊。算了。」

這次也一樣待在總司令彼得身邊的布蘭塔克先生，適時展開「魔法障壁」擋下箭矢與魔法。

「魔槍隊！看來我們一點都不缺靶子呢！」

我方士氣高昂的理由還有一個，那就是除了駐守沙卡特的瑞穗伯國軍以外，瑞穗上級伯爵親自率領的兩萬名精銳也勉強趕上了。

我方一看見瑞穗伯國軍的士兵入城，就響起歡呼。

「這麼做，應該會惹泰蕾絲大人不高興吧。」

瑞穗上級伯爵無視泰蕾絲的意思，送了援軍過來。

嚴格來講，瑞穗並不屬於北部諸侯，只是普通的協助者，所以泰蕾絲也無法抱怨。瑞穗上級伯爵果然也對泰蕾絲沒將皇帝拉下臺的事情感到不滿。

「藍道夫，狀況如何？」

「原本以為壞掉的城牆居然修好了，似乎讓他們嚇了一跳。」

西部城牆也有遭到敵軍的攻擊，但男爵大人和藍道夫指揮的義警團漂亮地守住了那裡。

「藍道夫啊……菲利浦公爵也做了一件可惜的事情。居然放逐那麼優秀的家臣。」

彼得非常欣賞藍道夫作為軍人的才能，甚至還想將他納入麾下。

正常人的確想不到貧民窟裡，會有那麼優秀的人才。

「殿下，藍道夫認為男爵大人對他有恩，即使殿下邀請他加入，應該也不會成功。」

「我想也是……唉，至少他是我們的同伴。」

艾梅拉判斷藍道夫絕對不會離開男爵大人，彼得也贊同她的想法。

我也認為他只想當男爵大人的侍從長。

「威德林，好像有東西跑出來了。」

「是啊……」

「居然還剩下那麼多庫存！」

敵人的先鋒一陷入苦戰，紐倫貝爾格公爵就立刻打出第一張王牌。

大概是想破壞城牆吧。擁有狼、鹿、熊外形的自爆型金屬魔像，接連衝向這裡。

「那就是擊敗討伐軍的……」

「居然還有剩啊……」

我方一看見自暴型魔像接連衝向這裡，就開始產生動搖，但彼得完全沒有動搖。其實我們也一樣。

「用在討伐軍身上的發掘品還有剩啊？」

「看來是如此，但我想應該沒剩下多少。」

擁有各種動物外形的金屬魔像，以相當快的速度逼近這裡。

「為什麼要在這時候使用？」

「我也覺得奇怪。」

根據情報，那些魔像必須在極近距離爆炸才能致人於死。

那種武器主要是用來增加傷患，削弱軍隊的實力，所以等破壞城牆後再讓魔像入侵帝都，應該會比較有效。

「來試試看吧！」

導師突然這麼說道，然後從魔法袋裡取出巨大的岩石。

「殿下，看仔細了！」

導師用魔力強化身體機能，不斷將事先準備好的巨岩扔向自爆型魔像。

自爆型魔像一被巨岩擊中，就接連爆炸，產生的碎片朝周圍散開後，又輕易地誘爆了其他自爆型魔像。

「這反應也太敏感了！」

「原來如此。因為很容易爆炸，所以能使用的情況有限。」

如果不在平坦又寬敞的土地使用，效果就會大幅減弱。

或許意外地連古代魔法文明時代的人都沒在用，所以才會留下庫存。

「既然如此，那就好對付了。」

「是啊。」

「目標好多。」

除了箭矢和魔法以外，露易絲用石頭、伊娜用丟了也沒關係的舊長槍、薇爾瑪使用魔槍，大家一起持續狙擊自爆型魔像。

到處都開始發生爆炸，雖然敵軍也有被波及，但紐倫貝爾格公爵似乎毫不在意。當然，想毫無遺漏地攔下幾千座自爆型魔像是不可能的事情，幾座魔像撞上南側城牆引發爆炸。部分老舊的城牆崩塌，上前應戰的士兵們也開始有人受傷。

「哎呀，看來會非常忙碌。」

「請將傷患送到後方。」

彼得急忙下令將傷患送到後方，並配置新的將士。雖然城牆沒有完全崩塌，但到處都是危險到沒辦法讓人上去的城牆，防禦力也相對下降了。

「紐倫貝爾格公爵還滿行的嘛，不過這樣正好。」

「殿下，這是什麼意思？」

「南側的城牆明顯非常脆弱。集中攻擊脆弱的地方，是人之常情。」

其實吉伯特早就已經讓居民們去避難，所以即使被敵人跨越城牆，還是能利用市區進行防衛戰。我們原本就不怎麼信賴城牆，一切都還在預料的範圍內。

「以下是來自防守西側城牆的藍道夫大人的傳令！他說『這世界沒有那麼簡單』！」

「嘖，果然是這樣啊。不過這傳令真符合他的作風。」

聽完來自西側城牆的傳令後，彼得露出遺憾的表情。

其實男爵大人事先送了一封密函給紐倫貝爾格公爵，內容是「我們會幫忙打開西側城牆的城門，引紐倫貝爾格公爵軍入城。作為回報，請賜予我爵位和領地」，但因為城牆已經修復完畢，所以被看穿是陷阱了。

「他果然沒中招。」

「要是成功的話，就能讓偷偷埋伏在貧民窟裡的士兵們包圍他們了……」

由於吉伯特必須負責指揮士兵利用市區防衛，所以現在換波佩克待在彼得身邊，他也一臉遺憾地如此說道。

「那麼，接下來才是重頭戲。」

雖然距離開戰才過了約一小時，但紐倫貝爾格公爵家諸侯軍終於開始有大動作。

他們開始準備移動配置在前方的龍魔像。

「是想用吐息破壞因為自爆型魔像的攻擊而變脆弱的南側城牆，讓大軍從那裡入侵嗎？一旦陷入混戰，戰況就會變得對精銳較多的紐倫貝爾格公爵有利。」

除此之外，這裡還是帝都防衛戰中最重要的地點。

因為難保敵軍沒有其他的別動隊，所以不能將兵力都集中在南側城牆。

「只要一從其他城牆呼喚援軍，敵人的別動隊就會出現在那面城牆。真是惡夢。」

如果真的發生卡特琳娜擔心的狀況，那就慘了。

帝都實在太大，真的非常不適合防守。

「那就使用王牌吧。威德林，導師，去破壞龍魔像。」

「你說得還真輕鬆。」

「在下是無所謂啦……」

導師看了我一眼，但如果不在城牆被吐息破壞前打倒那座龍魔像，我軍一定會陷入苦戰，所以坦白講我也無法拒絕。

「這的確是最快的方法。」

只要趁現在破壞龍魔像，紐倫貝爾格公爵就會失去攻陷帝都的王牌。

比起浪費時間進行攻防戰，這樣更能減少我方的損傷。

「我和導師是無所謂，但彼得沒問題嗎？」

我簡短地向彼得確認。我和導師不管待在哪裡，風險都差不多。

我事先也和艾莉絲和伊娜她們說好，如果遇到什麼緊急情況就通知布蘭塔克先生他們，以確保安全為最優先。

然而為了維持士氣，彼得絕對無法逃離這裡。

所以我問他讓我離開這裡要不要緊。

「放心吧。如果死在這裡，就表示我命當如此。這時候應該要堅強地拚一下吧。」

「既然你這麼判斷，那就沒關係。」

「艾梅拉也在所以沒問題。這是愛的力量。」

「雖然不是愛的力量，但我會守護殿下。」

「這時候就別否定了啦！」

兩人再次演出和平常相同的戲碼，既然彼得都這麼說了，那我也沒辦法。

我也做好了覺悟。

「對了，我準備了一匹好馬。即使讓導師騎也能跑很快。」

「準備得真周到。」

「那麼，我們出發吧！」

我和導師騎著彼得準備的馬，直接衝向龍魔像。

然而……

「鮑麥斯特伯爵還是一樣不擅長騎馬呢！」

「因為我沒時間練習啊！」

為了打倒師傅，我將所有心力都用在魔法的特訓上，完全沒練習騎馬。

「在沙卡特時也一樣嗎？」

「……」

對不起，因為騎不好實在太痛苦，所以我就偷懶了。

「威德林，你這樣不行啊。」

「吵死了！彼得！」

我勉強還算是會騎馬！

這都要怪封印了移動系統魔法的紐倫貝爾格公爵！

「真沒辦法。我也陪你一起去吧。」

此時救兵出現了。露易絲像個雜耍藝人般從城牆上一躍而下，跳到我騎的馬上。雖然不曉得原理，但即使露易絲是從那麼高的地方跳下來，馬還是完全沒感覺到重量，既不驚慌也沒亂動。

「那我們走吧。」

「露易絲姑娘，就拜託妳保護鮑麥斯特伯爵了！」

「交給我吧。」

雖然我想向導師抱怨幾句，但他的老家不愧是軍務派閥的重要家系，騎馬技術非常好。

「用一隻手抱住我的腰吧。雖然也可以趁亂摸我的屁股，但要適可而止喔……咦？」

就在露易絲說蠢話時，一團紙屑命中她的頭部。丟的人是伊娜。

「現在時間寶貴，快點出發啦！」

「伊娜好可怕！」

「我明明也很會騎馬。」

「嗚嗚……要不是必須保護彼得殿下……」

發現薇爾瑪和卡特琳娜也和伊娜一樣生氣後，露易絲立刻快馬加鞭地離開。

「龍魔像總共有十座。鮑麥斯特伯爵，你選正面還是反面？」

「反面。」

全力衝向龍魔像時，騎在我們旁邊的導師突然這麼問道。

我一回答反面，導師就在馬上靈巧地將硬幣往上扔，用手背接住。

銅幣顯示反面。

「右側或左側，選你喜歡的那一邊吧！」

「我是右撇子，所以選右側。」

「那在下就選左側！」

「敵人出現了！」

「時間寶貴，在下先失禮了！」

我們一策馬接近，敵人前衛部隊的士兵就朝我們衝過來，但他們的攻擊全被包覆導師與馬的「魔法障壁」彈開。

而且他們一倒下，就被從城牆上發射的箭矢與魔法殺死。

「露易絲，專心攻擊龍魔像就好。」

「了解。不然很浪費魔力。」

像這種前衛部隊的士兵，不管打倒幾個人都無法動搖紐倫貝爾格公爵家諸侯軍。

破壞他們準備的龍魔像，才是這次作戰最重要的目的。

「直線前進！」

露易絲再次讓馬加速。

雖然中途有許多敵兵妨礙，但全都被我們的「魔法障壁」彈開。

「威爾，我也可以破壞龍魔像嗎？」

「這樣比較有效率，所以我當然歡迎。」

「感覺好久沒用拳頭了。之前一直都在扔石頭。」

擅長近身戰的露易絲因為無法使用「飛翔」，所以在這場內亂中幾乎都被派去扔石頭。即使她扔的石頭蘊含了只要一命中就能讓敵人瞬間死亡的可怕威力，但或許無法參加近身戰還是讓她感到有些不滿。

「因為是人工物，所以可以盡情地破壞呢。」

露易絲用力揮動馬鞭，再次加速衝向龍魔像。
「會不會太快了一點？」
「會嗎？」
我忍不住在馬上往後仰。
「防禦！」
反叛軍試圖阻止我們前進，但全都被「魔法障壁」彈開。
雖然沒空注意，但導師應該也正在用相同的方法逼近龍魔像。
「第一座。」
我們馬上就發現了第一座龍魔像。
儘管那座龍魔像已經被啟動，但在這樣的混戰中，它無法朝我們發射吐息，不然就會波及到同伴。
我原本抱持這種樂觀的想法，但突然從龍魔像的嘴部感覺到一股龐大的魔力。
「該不會！」
我連忙強化「魔法障壁」，接著龍魔像吐出強大的火焰。
「好強的威力。」
多虧有「魔法障壁」，我和露易絲平安無事，但周圍的反叛軍前衛部隊全都被龍魔像毫不留情地燒死了。

沒想到居然連同伴都不放過，我和露易絲默默地策馬前進。

「這些前衛部隊都只是棄子嗎……」

因為大部分都是降兵，所以就算殺了也不可惜嗎？

紐倫貝爾格公爵的冷酷，讓我捏了一把冷汗。

「快走吧。」

「嗯。」

在接近第一座龍魔像前，我們被幾座龍魔像的吐息攻擊了好幾次。

吐息的屬性有火炎、暴風雪、石礫和鐮鼬，和我們之前打倒的龍魔像不同，反叛軍的龍魔像每座都不太一樣。

「吶，這真的打得壞嗎？」

「放心吧。」

這些龍魔像似乎是量產品，所以吐息的威力比之前的龍魔像弱。

根據「探測」的結果，素材也只用了鋼和少量的祕銀。

這座龍魔像，似乎是為了能夠量產，而透過降低吐息威力與防禦力壓低生產成本的版本。

「那麼我就不客氣地破壞了。」

我短暫地解除「魔法障壁」，朝龍魔像發射壓縮到極限的「火炎球」。

嘴巴被「火炎球」擊中的龍魔像，頭部在被加熱到變紅後開始熔解，讓地面多了一個由鐵構成的水窪。

「好燙！」

「快滅火！」

熔鐵引燃了周邊的雜草，搬運龍魔像的士兵接連被火燒傷。

「去找下一座吧。」

「我知道了，威爾。」

去找第二座龍魔像時，導師負責的那側傳來宛如慘叫聲般的金屬破壞聲，以及某種巨大物體倒下的聲音。

看來導師也成功破壞一座了。

「接下來輪到我。」

「嗯，交給妳了。」

我們光明正大地騎馬在前衛部隊與紐倫貝爾格公爵主力部隊之間穿梭。

雖然不斷有箭矢和魔法飛向我們，但全都被「魔法障壁」擋了下來。

只要一擔心起「魔法障壁」能撐多久，我就會開始胃痛，不過我還是努力說服自己沒問題，繼續前進。

「威爾！」

「嗯。」

我稍微解除「魔法障壁」，露易絲從馬上跳了起來，她在拳頭裡灌注魔力，只用一擊就破壞了龍魔像。驚人的破壞聲與飛散的碎片，讓周圍的士兵嚇得同時逃散。

「下一座！」

之後我們不斷重複依序破壞龍魔像的作業。

雖然一直展開「魔法障壁」讓我的魔力逐漸減少，但導師已經打倒兩座，我和露易絲也各打倒了三座，只要再破壞兩座，至少就能確定這場戰鬥不會輸。

「威爾，你看那個。」

穿越戰場時，露易絲發現了紐倫貝爾格公爵家諸侯軍的大本營。

我也發現紐倫貝爾格公爵正以銳利的表情看向這裡。

「他在啊……」

即使龍魔像幾乎已經被破壞殆盡，被僅僅三名敵人玩弄在掌中，紐倫貝爾格公爵看起來還是很冷靜。

雖然不曉得他心裡在想什麼，但他也不能在部下面前表現出慌張的樣子吧。

「紐倫貝爾格公爵！」

在這裡遇到我算他倒楣，我朝他發射壓縮到極限的「風槍」。

只要在這裡打倒他，就能終結這場漫長的內亂。

「唔哇！」

「呀啊啊——！」

筆直朝紐倫貝爾格公爵前進的「風槍」，沿路打倒了許多敵兵。

在即將命中紐倫貝爾格公爵時——

「主公大人！」

一名魔法師站到紐倫貝爾格公爵面前。雖然那名魔法師看起來是個厲害的高手，但應該比不上塔蘭托。

因為……

「雷琉瑞！不是那樣！」

紐倫貝爾格公爵大喊。

看來他似乎看穿了我的意圖。「風槍」突然變換軌道，從魔法師的死角貫穿他的「魔法障壁」，然後接著貫穿他的身體。

「鮑麥斯特伯爵！」

沒錯，我從一開始就不是瞄準紐倫貝爾格公爵。因為即使那麼做，魔法師們也會賭上性命保護他。紐倫貝爾格公爵果然聰明。遺憾的是，他不會使用魔法。擋在他面前的魔法師沒發現我的意圖。那名魔法師應該完全沒想到自己才是目標吧，所以才會來不及對應並喪命。

我繼續使出相同的魔法，魔法師們果然都為了保護紐倫貝爾格公爵而站到他面前。因為我輕易就能看穿他們的行動，所以能夠輕鬆使出超出他們意料的攻擊。

第二個，第三個，他依靠的魔法師接連倒下。

「殺了他！」

「住手！畢爾托！」

誤以為自己主人遭到攻擊的家臣，率領士兵打算攻擊我，但我毫不留情地用魔法打倒他們。

我終於成功對紐倫貝爾格公爵遛存的精銳造成傷害了。

「威爾，差不多該撤退了。」

「說得也是。」

儘管只過了幾秒鐘，但繼續留在這裡攻擊太危險了。

我們離開紐倫貝爾格公爵，繼續破壞龍魔像。

就算只剩下一座也會非常棘手，所以我們必須完成任務才行。

「所以說，我們要優先處理龍魔像。」

「沒錯，我也不想在這裡被射成刺蝟。」

我們直接全速衝過紐倫貝爾格公爵的大本營，就在露易絲破壞了第四座龍魔像時，導師也幾乎在同一時間破壞了第三座龍魔像。

「作戰成功！」

「你這傢伙！好大的膽子！」

一名負責指揮士兵搬運龍魔像的老騎士，激動地策馬衝向導師朝他揮劍。

「這樣下去，你也無法對紐倫貝爾格公爵交代。這是在下最起碼的同情！」
導師用「火蛇」魔法燒死那名老騎士。
「鮑麥斯特伯爵，這個位置正好呢！」
「就算直接回去，也難以影響戰況……」
破壞完龍魔像後，我們正好抵達敵人先鋒部隊與紐倫貝爾格公爵家諸侯軍的中間位置。
「我們這個位置非常好！」
「位置不錯呢，而且我的魔力還沒用完。」
我和導師一口氣提高魔力，連續朝紐倫貝爾格公爵家諸侯軍發射「火炎球」和「火蛇」。
雖然敵方的魔法師立刻展開「魔法障壁」防禦，但我們刻意讓魔法在障壁範圍外炸裂，增加敵軍的損害。
「魔法師的消耗太大了。」
因為之前死了太多魔法師，所以敵人的「魔法障壁」根本不足以保護所有紐倫貝爾格公爵家諸侯軍。以紀律如鐵為傲的紐倫貝爾格公爵家諸侯軍的隊伍，變得像缺了幾塊的拼圖般難看。紐倫貝爾格公爵一定非常生氣吧。
「可惡！明明只有三個人！」
「看我砍了你們！」
為了防止友軍繼續被魔法凌虐，騎士們接連策馬衝向這裡。

「威爾，輕輕握住韁繩，不可以亂動喔。」

發現有敵人逼近後，露易絲用力一跳，在敵人的馬上降落，然後不斷重複這樣的動作將騎士們踢下馬。

她的動作實在太快，騎士們完全無法抵抗就被擊落馬。

「我回來了，你沒有亂拉韁繩呢。真是個乖孩子。」

「妳把我當小孩子啊……」

「在戰場上讓鮑麥斯特伯爵握韁繩實在太危險了！你要好好聽露易絲姑娘的話！」

「啊哈哈……」

在一旁連續發射「火蛇」的導師，將我的騎馬技術貶得一文不值。

「威爾，後方的敵人前鋒部隊都沒有攻擊我們耶。」

「因為他們原本是帝國軍，所以覺得沒必要為紐倫貝爾格公爵做那麼多吧？」

靠近城牆的那些人忙著攻陷帝都，先鋒部隊也完全沒攻擊我們。陷入混亂的紐倫貝爾格公爵家諸侯軍根本沒有餘裕下達命令，所以他們也覺得沒義務主動幫忙吧。

「這是個好機會！在此通告所有投降武運已盡的紐倫貝爾格公爵的帝國軍士兵！」

明明沒使用魔法，導師的聲音依然傳得非常遠。

「彼得殿下有令！從現在開始，只要討伐一名紐倫貝爾格公爵家諸侯軍的士兵，就能回歸帝國軍！立下功勞者也能獲得獎賞與地位！取得紐倫貝爾格公爵首級者，更是能夠獲得爵位！」

「咦？彼得應該沒說過這種話吧……」

「導師一定是在說謊吧？」

我也覺得是謊話，但敵人的先鋒部隊似乎相信了。

即使繼續攻打帝都，也只會受到頑強的抵抗，連想通過南部城牆都很困難。作為王牌的自爆型魔像和龍魔像也被破壞光了。

「我再也無法忍耐了！」

「我們才不是棄子！」

「橫豎都是死，不如帶紐倫貝爾格公爵那傢伙一起上路！」

大部分的敵軍先鋒部隊都被導師說服，直接掉頭襲擊因為我們的魔法而陷入混亂的紐倫貝爾格公爵家諸侯軍。

「唔哇，他們朝這裡衝過來了！」

「鮑麥斯特伯爵，為了避免被踩扁，只能前進了！」

導師用魔杖打了一下我坐騎的屁股，讓我的馬開始全力衝向紐倫貝爾格公爵家諸侯軍。

「導師！這樣太亂來了！」

「在下已經不想再繼續待在帝國了！快點結束這場內亂，回王國去吧！」

導師也全力策馬奔馳，與我和露易絲並肩而行。

在我們後面的那些原本是敵方先鋒部隊的士兵們也全力奔跑，想取紐倫貝爾格公爵的性命。

「雖然我佩服他們的勇氣，但他們有辦法贏嗎？」

既然被紐倫貝爾格公爵當作棄子，表示他們應該不是精銳。

「只靠那些人當然沒辦法贏！但這是個好機會！在下的好友吉伯特一定會趁機採取行動！」

我們邊用魔法擊倒紐倫貝爾格公爵家諸侯軍邊前進，前敵方先鋒部隊一開始對仍未從混亂中恢復的紐倫貝爾格公爵家諸侯軍發動攻擊，我方陣營也開始出現大變化。

「吾友克林姆啊！幹得好！」

「吾友吉伯特啊！虧你有注意到！」

明明事先沒說好，負責指揮防衛部隊的吉伯特，還是率領全軍對紐倫貝爾格公爵家諸侯軍發動攻擊。

即使是紐倫貝爾格公爵家諸侯軍，也無法承受這一波攻擊。至今幾乎沒遭受損害的紐倫貝爾格公爵家諸侯軍的將士接連被打倒。

事到如今，即使是紐倫貝爾格公爵也難以扭轉戰況。

「該不會導師其實是個很厲害的人？」

「他擅長判讀戰鬥的趨勢，不過應該都是靠直覺。」

菲利浦和艾爾指揮的王國軍也有參加攻擊，並順利與我們會合。

大概是認為事到如今就算多留一兩千人防守帝都，也沒什麼意義了吧。

「輪不到我們出場呢。」

「只剩下不斷進攻而已。」

遙和武臣先生甚至連刀都沒拔出來，只是在一旁觀看吉伯特指揮帝國軍追擊紐倫貝爾格公爵家諸侯軍。

「艾爾，彼得呢？」

「總不能讓殿下也一起出戰吧。他只留下伊娜等護衛，讓防守大本營的士兵也一起參加追擊了。」

「沒想到敵軍這麼輕易就崩潰了。」

「雖然鮑麥斯特伯爵大人和導師太強也是原因之一，但他對子弟兵以外的士兵實在太過苛刻了。」

如果紐倫貝爾格公爵家諸侯軍沒出現破綻，他們也無法反抗，只能乖乖當棄子，不過一旦情緒潰堤，就只剩下怨恨，之後就會像這樣瞬間背叛。

「咦？追擊停止了。」

「紐倫貝爾格公爵真是頑強。」

「菲利浦大人，這是怎麼回事？」

「如果是普通的軍隊，應該早就潰敗了，但敵人卻留下約半數的軍隊阻擋我軍前進，這表示有家臣為了讓紐倫貝爾格公爵逃跑而留下來殿後。我想那個人，應該是他的心腹紹肯吧。真是個棘手的對手。」

「艾爾，我們也追上去吧。」

「要上嗎？」

「只要能在這裡擊敗紐倫貝爾格公爵……」

這當然是為了早日返回王國。再加上師傅那件事，我沒理由放過他。

和王國軍一起前往前線後，我發現果然有個頑強的指揮官在阻止我軍前進，就連吉伯特都無法突破。我和導師先發動魔法，再讓王國軍進行突擊，然後遇見一名看起來身經百戰的中年男子。

「右眼有刀傷的痕跡……果然是紹肯。鮑麥斯特伯爵。」

「真虧你認得出來。」

「因為抓到就是大功一件。所以我知道敵軍主要指揮官的長相。」

克里斯多夫說他們也是如此。

「你就是紹肯大人嗎？」

「大名鼎鼎的鮑麥斯特伯爵大人，居然知道我的名字，真是令我倍感光榮。」

「紹肯大人！」

紹肯的部下勸他後退，但紹肯拒絕了。

「為了讓主人逃跑，而親自留下來殿後啊。」

「真是的，您和阿姆斯壯導師實在太不符合常識了。」

「輸了就是輸了。」

「輸了？只要主公大人還活著，我們就一定會捲土重來。想高興就趁現在吧。」

「這樣啊……那就沒什麼好說的了。」

紹肯拔劍衝向我，但我立刻使出「風刃」砍斷他的頭。

「我擊敗敵軍大將了！」

紹肯一死，殿後的部隊就開始潰散，等大部分的人都被殺死後，剩下的人才開始投降。

雖然被紐倫貝爾格公爵跑了，但他依靠的精銳也只剩下不到原本的一半。

彼得出乎意料的崛起，讓紐倫貝爾格公爵栽了個筋斗，在攻打帝都失敗後，被迫轉為防守。

圍繞帝都的戰役，以皇家三男的「平民皇子」的全面性勝利落幕。

這是一場堪稱死鬥的戰鬥。

第七話　彼得與泰蕾絲的情況……

彼得在就任帝國宰相後成功防衛了帝都，這場賭上了帝都與紐倫貝爾格公爵進行的攻防戰，在最後以彼得的勝利告終。這次的失敗，讓紐倫貝爾格公爵失去了名將紹肯與許多可靠的精銳，被迫逃回領地。

這場大勝也幾乎決定了將由誰就任下任皇帝。

獲勝後，彼得成功支配了包含帝都在內的中央領域，同時表明支持他的貴族也增加了。彼得重新編組帝國軍，準備之後討伐紐倫貝爾格公爵，這麼一來就能終結內亂……但是這個世界果然沒那麼簡單。

「又挑了個討厭的時機過來。」

宛如在覬覦帝都般，泰蕾絲與支持她的貴族率領大軍，駐紮在帝都郊外。

「之前戰鬥時，她應該有辦法派部分軍隊過來支援。她刻意不那麼做，並選在這個時間點過來就表示……」

「沒錯。菲利浦公爵大人應該不會就這樣默不作聲吧。」

前陣子的戰鬥讓帝都的城牆嚴重受損，我和彼得正前往視察城牆的修補作業，波佩克先生的意見聽起來就像是預言，而我們也無法否定。

「不過我覺得不當皇帝，會比較方便追求威爾呢。」

「即使她本人這麼想，這個狀況也已經和她本人的個人意願無關了。」

艾莉絲委婉地否定露易絲的發言。

「這麼說也沒錯。畢竟她本來已經確定能成為下任皇帝，卻突然殺出彼得這個程咬金。」

「布蘭塔克大人，我覺得您應該可以說得再委婉一點……」

布蘭塔克先生的發言對彼得有些失禮，讓艾梅拉難得出言責備。

「抱歉抱歉。話說回來，艾梅拉小姐對彼得殿下真溫柔呢。」

「現在殿下有他的立場要顧。我只是覺得這種會扯他後腿的發言不太妥當。」

「艾梅拉小姐說的沒錯。我修正我的發言。」

「布蘭塔克大人，幹得好。看吧？我就說艾梅拉最喜歡我了。」

因為布蘭塔克先生成功引誘艾梅拉替彼得說話，所以就算發言失當也能被原諒啊。

「殿下，當務之急，應該是擬定應付菲利浦公爵的對策吧？」

「就算想擬定對策，那些大軍也不可能攻進帝都吧。泰蕾絲大人很容易被周圍的人牽著鼻子走，這就是她的極限吧。」

彼得不再稱泰蕾絲為菲利浦公爵。大概是已經沒將她視為勁敵了吧。

「喔，不會演變成戰鬥嗎？」

「這就是她的極限。我們正因為剛結束與紐倫貝爾格公爵的決戰而鬆懈，軍隊也還在重新編組，現在正是發動攻擊的好機會。從她辦不到這點來看，就能確定她不適合當戰時的皇帝。如果是在和平時期，她應該能當個好皇帝，真是遺憾呢。啊，說不定……」

「說不定什麼？」

導師好奇地將臉湊向彼得。

「是因為愛嗎？因為不想殺害心愛的人。」

「原來如此。」

這次換彼得與導師將臉湊向我。

「我說啊……」

「她首先應該會過來祝賀我們擊退紐倫貝爾格公爵軍。在那之後才是重頭戲。」

不出彼得的預料，泰蕾絲之後派了使者過來，表示希望能夠進城祝賀我們戰勝。

「她果然還是被周圍的人牽著鼻子走。」

在寶座大廳等待泰蕾絲等人的彼得，輕聲嘟囔道。

「畢竟那些支持者本來有機會在菲利浦公爵大人當上皇帝後，享受榮華富貴的生活。所以他們應該是想利用那支軍隊，要脅殿下承認菲利浦公爵大人的優勢吧？」

「他們真的認為這種方法行得通嗎？」

「也不得不這麼想吧。畢竟他們的處境就是如此艱辛。」

彼得光輝的勝利帶來的衝擊，就是如此龐大。

「克里斯多夫大人？」

「到頭來，人都還是會以自己的利益為優先。為了獲得那些人的支持，上層也只能使出強硬的手段。我和菲利浦哥哥悲慘的結局，就是最好的證明吧？看在世人眼裡，我們應該都是笨蛋吧。不過即使領導者想實施正確的作法，有時候還是會迫於下層的壓力採取下策。」

因為克里斯多夫曾有在布洛瓦藩侯家的繼承權爭奪戰中失敗的經驗，所以大家都認真聽他說話。

「就先來看看她有多少本事吧。」

當天傍晚，泰蕾絲只帶了少數隨從拜訪皇宮。

名義上，這只是一場禮貌性的拜訪。

「彼得殿下，首先恭喜您大獲全勝。」

「只是運氣好罷了。再來就是因為有威德林的幫助。只是這樣而已。」

彼得以一如往常的態度接待泰蕾絲。

這當中也包含了「我不會屈服於妳的威脅」和「妳依賴的鮑麥斯特伯爵和我關係良好」，要她趕緊歸順的意思。

「（應該可以再有禮貌一點吧……）」

「（就是說啊，畢竟對方可是公爵。）」

伊娜，卡特琳娜，事情並非如此。

這時候謙卑地妥協，只會讓對方更得寸進尺。

如果就這樣接納他們，在討伐完紐倫貝爾格公爵後可能又會發生新的內亂。所以彼得必須讓對方承認自己處於弱勢。

「好久不見了，鮑麥斯特伯爵。」

泰蕾絲沒對彼得多說什麼，改向我打招呼，但她的表情看起來有點陰沉。除了阿爾馮斯以外，她還帶了兩名二十來歲的年輕男子同行。

從他們明明不是蘭族，卻穿著昂貴的衣服來看，那兩人應該是泰蕾絲的哥哥。

「好久不見了，菲利浦公爵閣下。」

「看來你不管待在哪裡都很辛苦呢。」

「但我再過不久就能回王國了。」

「是啊，因為內亂馬上就要結束了。」

泰蕾絲的表情果然有點陰沉，不過或許只有認識她的人看得出來。

話說她之所以叫我鮑麥斯特伯爵，應該是為了顧慮周圍的人吧。總不能直接叫我這個背叛者的名字。後面那兩位哥哥看我的表情，也充滿了明顯的厭惡感。

看來是因為內亂拖得太長，削弱了泰蕾絲的獨裁權，所以這兩個傢伙才想捲土重來。

「沒想到戰力是敵人三倍的討伐軍居然會敗北，陛下也因此駕崩……這實在出乎我等的意料。

我等諸侯軍在收穫時期結束前都解除了動員，所以花了一些時間重新徵召軍隊。」

泰蕾絲的其中一位哥哥開始找藉口，不過如果真的是這樣，那大可先派駐紮在索畢特大荒地的一萬人過來支援。

在他們沒這麼做的瞬間，就能確定北部諸侯是刻意不送援軍過來。

「事情過去就算了。接下來你們應該願意為帝國奉獻心力吧？」

「這是當然。」

獲得帝國宰相這個地位的彼得，露骨地將泰蕾絲等人當成部下對待。

對此，泰蕾絲等人也不能生氣。

畢竟是議會承認彼得就任帝國宰相。如果對此有所不滿，就會演變成「你們明明沒趕上與紐倫貝爾格公爵的決戰，居然還敢有怨言」的責任問題。

『因為預測紐倫貝爾格公爵會再次進攻帝都，所以打算等他之後露出破綻時再討伐他。雖然這是不錯的策略，但看來菲利浦公爵有點考慮得太多了。』

吉伯特早就看穿了泰蕾絲他們的意圖。

解放軍在失去雷梅伯爵後，就沒有其他優秀的軍人。阿爾馮斯與其說是優秀的軍人，不如說是優秀的組織營運者，所以才沒參與這件事。

「目前正在重新編組紐倫貝爾格公爵討伐軍。關於你們的配置，之後會再另行通知。我很忙，所以就先這樣吧。」

這場會面一下就結束，泰蕾絲的兩個哥哥毫不掩飾不悅的表情，就這樣離開寶座大廳。

「他們才是關鍵人物。那兩個傢伙一定在策劃什麼不好的事情。」

「關鍵在他們身上嗎？」

「沒錯，艾莉絲大人。泰蕾絲大人還不至於失去冷靜。唉，她應該認為自己當不成皇帝也是無可奈何，但她那兩位哥哥就沒辦法看得那麼開了。」

有一部分也是因為人手不足，所以彼得從留在沙卡特時起，就喜歡上艾莉絲泡的茶。

他邊享用艾莉絲泡的瑪黛茶，邊回答她的問題。

「菲利浦公爵的爵位和領地啊……」

「沒錯，他們無法抵抗那股魅力。」

泰蕾絲能否當上皇帝，並非她一個人的問題。

「只要泰蕾絲當上皇帝，菲利浦公爵的爵位自然會空下來。她沒有小孩，所以下一任菲利浦公爵，將會是她哥哥的兒子，也就是她其中一個姪子。」

菲利浦公爵領地非常看重膚色，雖然泰蕾絲的哥哥們無法直接繼承爵位，但姪子們的膚色都沒問題。由於他們年紀還小，因此實權應該會掌握在泰蕾絲哥哥們的手中。順利的話，或許還有機會繼泰蕾絲之後當上皇帝。

選帝侯家的數量減少後，同一個選帝侯家的人不能連續成為皇帝的規則，或許將不再適用。

「他們遲早一定會失控。」

「事情就是這樣，在討伐紐倫貝爾格公爵之前，還是先進行一次大掃除比較好。所以我很歡迎他們失控。對了，可以幫我叫加特拉過來嗎？」

彼得傳喚自己的心腹，加特拉。他剛當上諜報部門的新負責人。

「你覺得他們會失控嗎？」

「是的，因為那個人有私下和菲利浦公爵的兩名哥哥聯絡。」

「果然啊。」

「果然？」

「就是那個腦袋裡裝滿鮮奶油的女人。」

彼得的義母、已經去世的皇帝之妻——皇后和泰蕾絲的兩個哥哥聯手，打算排除彼得嗎？

「那些人當初不是逃得比誰都還快嗎？」

他們因為害怕紐倫貝爾格公爵進攻帝都，而將迎擊的工作推給彼得，結果在紐倫貝爾格公爵被打敗後，又想趁機復權嗎？在皇后的背後，應該還有她的哥哥亞雷侯爵，以及其他因為害怕紐倫貝爾格公爵而放棄職務的貴族吧。

這種貴族不該有的行為，讓卡特琳娜大為震怒。

「唉，正因為是貴族，所以偶爾也會使用這種姑息的手段，但他們也真笨，難道真的以為我不會警戒他們嗎？」

彼得早就看穿他們的本性，對皇后他們設下陷阱。

他們也完美地中計了。

「卡特琳娜大人，我可是有給過他們機會。只要他們別鬧事，就能保留領地和爵位，靠年金過著優渥的生活，這都要怪他們太貪心了。卡特琳娜大人也要小心一點喔。」

「您說得沒錯……」

卡特琳娜原本認為彼得是個輕浮的人。雖然這的確是事實，但他在關鍵時刻也能做出這種冷酷的判斷。我之前並沒有明確地意識到這點，但或許是因為我當初隱約有感覺到彼得的這份特質，才會選擇在他身上賭一把。

「要搶先一步下手嗎？」

「怎麼可能。讓他們先動手，我們才有正當理由對付他們。看來那兩個人似乎是瞞著泰蕾絲大人偷偷行動，不然她應該會阻止他們。」

「即使是泰蕾絲大人，如果被逼急了，還是可能得和他們聯手吧？」

「艾梅拉，增加無能的同盟夥伴，只會讓他們扯自己的後腿。那麼，今天就先去睡吧。」

「是……」

艾梅拉似乎還是不太能贊同，但彼得結束話題，準備就寢。

「我覺得現在應該不是能悠閒睡覺的時候……」

「就因為是這種時候，才得好好睡覺。」

考慮到目前的狀況，我實在……無法放心一個人睡。所以我依照彼得的指示，讓卡特琳娜和薇爾瑪充當護衛，睡在我的身邊。

就在我輾轉難眠，好不容易開始昏昏欲睡時……

「呃啊！」

「唔！」

我聽見天花板傳來呻吟聲，以及兩個沉重物體掉到地板上的聲音。

「怎麼了？」

我急忙點燈，然後發現兩名身穿黑衣並遮住臉龐的男子昏倒在地板上。在他們旁邊，掉了兩顆拳頭大的石頭。

「是刺客嗎？」

卡特琳娜和我一樣，對敵人的殺氣不太敏感。

她比我還晚一點從床上起身。

「因為發現有老鼠在偷窺，所以我就收拾了他們。」

是薇爾瑪丟石頭把他們給打暈。她也從床上起身，用繩子把那兩個暈倒的刺客綁起來。

「威爾大人，我們走吧。」

「嗯，反正我也睡不太著……」

「晚點再一起睡吧。」

「嗯。」

我們邊打呵欠邊走進寶座大廳，發現彼得他們已經在那裡集合。地上倒了四名被綁起來的刺客。

「難道就不能再多用點腦袋嗎？這就是鮮奶油女的極限了吧。」

「鮮奶油女」應該是皇后的外號吧。她派刺客暗殺我和彼得，結果徹底失敗了，這反而讓彼得能夠名正言順地對付她。

「加特拉，你知道他們是誰嗎？」

「雖然我不知道所有人的身分，但其中一個是因為變成男爵五男的部下，而感到不滿的傢伙。」

刺客是諜報部門的人。加特拉突然被拔擢為諜報部門的領導人，似乎讓前領導人——皇后的哥哥亞雷侯爵感到非常不滿，並派了刺客來暗殺他。

「一點意外性都沒有呢。加特拉，我們已經掌握了證據。不用客氣，直接處罰他們吧。」

「殿下，連皇后也要一起處罰嗎？」

「不連她一起收拾掉就沒意義了吧？讓她和主謀們一起『病死』吧。」

要是讓大家知道他們是因為暗殺彼得才被處死，會讓帝都居民人心惶惶。

所以才必須錯開時間讓他們分別病死嗎？

「我立刻著手處理。」

「殿下！」

加特拉一離開寶座大廳，皇宮警備的負責人就衝了進來。

「怎麼了？」

「那個，來了一位出乎意料的訪客……」
「是誰？」
「是菲利浦公爵家分家的當家，阿爾馮斯大人。」
「阿爾馮斯。」
「遵命。」
是因為發現了這起襲擊事件，才連忙跑來解釋嗎？
「我倒是不覺得意外。雖然有點晚了，但讓他進來吧。」
彼得一下達許可，阿爾馮斯就帶著巴登公爵公子一起進入寶座大廳。
我反而比較驚訝巴登公爵公子居然會一起來。
「喲，阿爾馮斯大人。你來得好像有點太晚了。」
「真是非常抱歉。」
阿爾馮斯收起平常輕浮的態度，表情嚴肅地向彼得低頭道歉。
「這是泰蕾絲大人主使的嗎？」
「絕對不是！是我的表哥們擅自與皇后聯絡！」
「喔，這樣啊。不過像泰蕾絲大人那樣的人物，應該不可能沒發現吧？」
「這是……」
阿爾馮斯相當著急。如果是平常的他，應該會直接用「泰蕾絲真的沒發現」的說法蒙混過去。

又或許泰蕾絲其實有發現，只是無法對家臣與支持自己的貴族們說自己打算放棄爭奪皇帝的寶座。

如果隨便阻止兩位哥哥，她可能會被殺害或囚禁，而且在最壞的情況下，兩軍或許還會自相殘殺。

「因為進退兩難所以無法行動啊……」

我想起菲利浦和克里斯多夫的事情。那兩個人原本應該也不想掀起紛爭吧，只是受到周圍的人逼迫……

「大貴族真可怕。」

聽見我的自言自語，彼得回答：

「我也感同身受呢。得小心一點才行。那麼阿爾馮斯大人來這裡，是已經做好覺悟的意思嗎？」

「是的。」

「那麼，我就來確認一下內容吧。您之後將以菲利浦公爵的身分，參加我以皇帝身分建立的新政權。另外，雖然令人痛心，但我必須請三名主謀病死……」

「請等一下！」

「不行嗎？」

「我的表哥們怎麼樣都無所謂，因為他們確實犯了與這樣的處罰相稱的罪行，但希望您能讓泰蕾絲以強制退位的方式負責。」

阿爾馮斯主張只有這點不能退讓。

「我倒是覺得她的責任最大，畢竟她是你們的領導者。所謂的負責人，就是為了負起責任而存在。」

「這我明白，但請務必通融。」

阿爾馮斯堅持想保住泰蕾絲的性命。面對這樣的魄力，彼得也沒辦法拒絕吧。

「理由是？」

「我欠泰蕾絲一個很大的人情。上任當家去世時，族人們曾提議讓我成為泰蕾絲的夫婿輔佐她，但我當時還未滿十五歲，所以我以必須繼承分家為藉口逃避了。她至今一直努力在扮演菲利浦公爵的角色。雖然我也有提供協助，但我一直對自己當時逃避的事情耿耿於懷。要是讓泰蕾絲死在這裡，我一定會後悔一輩子！」

阿爾馮斯平常總是表現得十分開朗，沒想到居然懷抱著這種煩惱。

「因為罪惡感啊……我也不是完全沒有罪惡感，所以只好這麼辦了。」

為什麼彼得會有罪惡感？

「我想你應該清楚，現在不能造成太大的混亂。千萬不能給紐倫貝爾格公爵反擊的機會。」

好不容易給予他重大的打擊，要是彼得派與泰蕾絲派爆發內亂，一切的努力就都白費了。

「我明白。如果他們不願意乖乖自盡，就只能由我來動手了。」

阿爾馮斯表示自己將不惜親手斬殺兩位表哥。

「由阿爾馮斯大人動手嗎？雖然我很清楚你的劍術水準，但真的沒問題嗎？」

彼得居然連阿爾馮斯的劍術水準都知道，這傢伙的情報網果然厲害。

「當然，我的家臣裡也有劍術高手。」

「保險起見，可以請馬克和威德林一起去幫忙嗎？」

「遵命。」

「我知道了。」

「咦？威德林難得答應得這麼乾脆。該不會其實你喜歡泰蕾絲大人吧？」

「我可是幾乎沒拒絕過彼得那些麻煩的要求喔！如果由我來動手，泰蕾絲應該也會乖乖遵從吧。」

「抱歉了，威德林。」

「沒關係啦。」

畢竟我也不想看到美女被殺。

雖然是深夜，但我和阿爾馮斯還是帶著馬克、艾爾和武臣先生前往菲利浦公爵家諸侯軍位於帝都郊外的大本營。

「不好意思忘了招呼你。那麼，請問巴登公爵公子有何貴幹？」

「我的事沒他們那麼嚴重。我可不想和泰蕾絲大人的哥哥們一起死。我會支持殿下，另外也有很多諸侯肯面對現實。這是那些諸侯的名單。那兩人的死，應該也能讓許多貴族醒悟。」

「感謝巴登公爵公子的好意。等我即位為皇帝後，將正式舉辦儀式，讓你繼承巴登公爵的爵位。」

巴登公爵公子因為被皇帝當成泰蕾絲的手下，而被皇帝討厭，所以至今仍未舉行必須由皇帝主辦的爵位繼承儀式。彼得同意進行這個儀式，就在這個瞬間，巴登公爵家將確定作為選帝侯家支持新政權。

我們當時無暇理會巴登公爵公子，所以隔天才聽到這個消息。

「都是男人，一點情趣也沒有。」

「我要向遙告狀喔。還不曉得有多少士兵和家臣站在反叛者那邊。何況我們接下來是要去殺人。最好別讓女性成員們看見那種場景比較好。」

「不能讓女性熬夜。這樣對皮膚不好。」

「「「喔喔！這句話太讓人意外了！」」」

我在艾爾、武臣先生和馬克的圍繞下，走向目的地，但馬克突然語出驚人，讓我們忍不住一齊喊出聲音。

「噓──！」

「抱歉。」

抵達大本營附近後，一名家臣前來向窺視那裡的阿爾馮斯報告。

「阿爾馮斯大人。」

「狀況如何？」

「那兩人剛進入大本營的帳篷。」

「被發現了嗎？」

那兩人似乎還帶了幾名佩帶武器的士兵同行。

我們從大本營的入口偷聽，裡面傳出泰蕾絲與兩名男性的聲音。

「領主大人，彼得殿下應該已經被暗殺了。接下來只要領主大人……」

「你們是傻了嗎？本宮何時下達過那種命令？」

下令暗殺彼得和我的人，果然是泰蕾絲的兩個哥哥。

「雖然妳沒下達那樣的命令，但事情已經無可挽回了。」

「是你們擅自讓事情變得無可挽回吧。他有可能那麼輕易就被暗殺嗎？這麼做別說是無意義了，根本就只會害我們遭到反擊喪命。你們就這麼想要菲利浦公爵的位子嗎？」

「只因為肌膚的顏色不對就被否定，妳可知道我們有多悔恨？」

「泰蕾絲，我們要讓妳當上皇帝！皇后應該也差不多要率領被彼得殿下害得辭職的大貴族們行動了！」

「這不僅是你們肆意的藉口，還是個成功機率為零的計畫。本宮還以為你們會更聰明一點。野心與慾望真是可怕的東西。」

「隨妳怎麼說！」

「反正在事情告一段落前，我們不會讓妳離開這裡。」
看來泰蕾絲的哥哥們，打算軟禁泰蕾絲。
「威爾！」
艾爾向我示意必須早點去救她。
「衝進去！」
發現泰蕾絲的哥哥們想限制她的行動，阿爾馮斯下令衝進帳篷。
「你們是誰？」
「是阿爾馮斯嗎？」
「很遺憾，你們的作戰失敗了。皇后他們正在用紅酒乾杯呢。」
用紅酒乾杯是暗指毒殺。作為最起碼的慈悲，至少讓他們將毒放在酒裡。
我不太喜歡喝酒，所以希望這種時候能加在其他飲料裡。
「是威德林嗎！」
泰蕾絲一發現我，就發出有些開心的聲音。
「鮑麥斯特伯爵！」
「你居然還活著？」
「別擅自殺了我啊。雖然我是個渾身破綻的人，但還沒蠢到會被你們殺掉。」
其實是託薇爾瑪的福。

「可惡！」

「好了，不准動。」

你們這些小混混的想法，我早就在前世透過動畫和漫畫摸清楚了。

應該是想用泰蕾絲當人質逃離這裡吧。雖然沒什麼意義，但至少能爭取時間。

為了與師傅決戰，我特地鍛鍊了控制魔法的能力，並趕在敵人行動前，展現出練習的成果。

我在泰蕾絲的兩位哥哥的脖子、胸、腰、手腕、手肘、腳踝和膝蓋展開環狀的「風刃」。

「你們只要稍微一動，手、腳和脖子就會與身體分家。就算這樣也想動嗎？」

泰蕾絲的哥哥們動也不動。士兵們也不曉得該如何是好。

「一群笨蛋！快點去抓住泰蕾絲！」

「你們想反抗我們嗎？」

「「「「遵命！」」」」

可悲的是，士兵們無法違抗像泰蕾絲的哥哥們那樣的大人物，所以準備代替他們抓住泰蕾絲，

但這也是有勇無謀的行為。

「在這種狀態下，真虧他們願意服從命令呢。」

「艾爾文，這就是下人的本性。」

「雖然我不會殺他們，但如果不盡快接受治療，或許會死喔。」

艾爾、武臣先生和馬克，出手砍倒了那些老實地服從命令準備抓住泰蕾絲的士兵。雖然他們不

至於痛下殺手，但還是讓那些士兵受了重傷，被阿爾馮斯等人輕易綁了起來。

「可惡……」

「阿爾馮斯！」

泰蕾絲的哥哥們已經無計可施，只能恨恨地看向我和阿爾馮斯。

「這是帝國宰相彼得的命令。從這個瞬間開始，將由我繼承菲利浦公爵的爵位。泰蕾絲大人必須退位，你們則是被殿下賜予紅酒。你們就好好品嚐人生最後的一杯酒。」

「你這傢伙——！」

「喂，如果亂動手會斷喔！」

我等沒收完泰蕾絲哥哥們的劍後，才解除魔法，但他們立刻就被阿爾馮斯的家臣綁了起來。

雖然我們沒特別確認，但現在的阿爾馮斯不可能對他們手下留情。

我沒特別想看處刑的場面，所以準備返回帝都……

「威德林！」

泰蕾絲衝過來抱住我。

「喂喂喂。」

「威德林！」

我明明害她必須退位，就算不是主犯也算是共犯，為什麼她還要抱住我？再加上我還背叛她協助了彼得，所以我本來以為她應該會恨我。

「我可是來下達最後通牒的喔。」

「即使如此，你還是救了本宮不是嗎？」

「就算我沒救妳，阿爾馮斯也會救妳吧？」

「威德林，你還是一樣不懂女人心呢。唉，算了，本宮已經滿足了。」

「是這樣嗎？」

泰蕾絲一直抱著我不肯放開，讓我不曉得該如何是好。曾是日本人的我，非常不會應付這種場合。

「威爾，你真的是一到關鍵時刻就會漏氣耶。」

「是啊，這樣不行。」

「吾友威德林啊。如果不突破這點，就無法受女性歡迎……不過你莫名地受歡迎耶。」

「連殿下都比您貼心。」

不只是艾爾、武臣先生和阿爾馮斯，就連馬克都開始指責我，但順利阻止帝都再次爆發戰爭，還是讓我鬆了口氣。

第八話　政變後的某個下午

「威德林，昨晚真是不好意思。」

「總比再次發生戰鬥好。」

由泰蕾絲的兩位哥哥和彼得的義母皇后發起的政變，以失敗告終。

身為主謀的皇后、亞雷侯爵、其他十幾名大貴族，以及泰蕾絲的兩位哥哥最後都飲毒酒自盡。

雖然皇后似乎因為不想服毒而大鬧了一場，但最後還是被硬灌了下去。儘管官方發布的說法是病死，但其他大貴族在聽完彼得的說明後，也都接受了亞雷侯爵家被解散，以及一個爵位改由其他人繼承的事實。

菲利浦公爵家由阿爾馮斯繼承，泰蕾絲被迫退位。泰蕾絲率領的解放軍解散，目前正重新被編入吉伯特指揮的帝國軍。

現在已經沒有北方諸侯對彼得成為下任皇帝的事情感到不滿。

因為在得知有許多人突然病死後，他們總算體認到魯莽的野心有多麼危險。

隔天早上，比平常晚了一點起床的我前去謁見彼得，但泰蕾絲開心地在一旁挽住我的手臂。

「嗯——根本就構不成處罰啊。」

這對我來說算是處罰。別在這種場合挽住我的手臂啦。艾梅拉和馬克，以及其他貴族的視線刺得我好痛啊。

「不愧是吾友威德林，真羨慕你獲得了如此美麗的花朵。」

只有藍茲貝爾格伯爵不知為何開口稱讚我。這個人的個性原本就是如此，所以應該是真心羨慕我能被泰蕾絲這個美女挽住手臂。

不過我跟泰蕾絲還沒發展成那種關係……

「彼得殿下，希望您之後能將帝國引導到更好的方向。雖然已經退位的本宮無法提供任何協助，但心血來潮時還是會替您祈禱。」

「那還真是感謝……」

彼得露出無法釋懷的表情。他看了旁邊的艾梅拉一眼，但她不可能在公開場合挽住彼得的手臂。

「殿下，關於泰蕾絲大人的事情……」

在艾梅拉的催促下，彼得接著說道：

「事到如今，我也不想說得太冗長。考慮到泰蕾絲大人至今立下的功績，雖然金額不高，但帝國將定期支付年金給妳。」

「那真是感激不盡。」

意思是叫泰蕾絲用那筆錢快樂地過活，別圖謀不軌吧。如果想嘗試復權，只會重蹈皇后與哥哥們的覆轍。

雖然泰蕾絲應該是不可能做出那種蠢事。

「本宮以自己的方式和紐倫貝爾格公爵奮戰過了。儘管最後必須脫離舞臺，但能保住性命就算賺到了。對重生的帝國……不，對新生的帝國來說，彼得殿下是不可或缺的人物。既然如此，失去出場機會的本宮只能乖乖下臺。」

泰蕾絲公開宣告未來將不再干涉帝國的政治。

「我對泰蕾絲大人的決心致以最高的讚揚……話說妳可以放開威德林的手嗎？」

「本宮現在是自由之身。」

雖然我也希望泰蕾絲放手，但她柔軟的胸部讓我打消了念頭。自由意志真是可怕。

「原來如此。我也是自由人，所以艾梅拉也來挽住我的手吧。」

「絕對不可能。」

艾梅拉一如往常地冷淡回應，讓彼得難過不已。

「泰蕾絲大人！」

結束謁見走出皇宮後，泰蕾絲的忠犬艾柏突然叫住我們。話說這傢伙之後要怎麼辦啊？

「艾柏，本宮已經不能再回菲利浦公爵領地了。你就好好侍奉阿爾馮斯吧。」

「怎麼這樣！我！」

「你不能跟隨本宮。這樣只會讓我們彼此陷入不幸。」

「泰蕾絲大人……」

或許會有人懷疑泰蕾絲想讓艾柏當聯絡人，以搶回菲利浦公爵家當家的寶座。所以這兩個人如果在一起會很危險。

「你一直都站在本宮這邊，光是這樣就已經為本宮帶來極大的鼓舞。」

「泰蕾絲大人。」

「受你照顧了。期待你未來能以菲利浦公爵家家臣的身分好好表現。這個就送給你了。」

泰蕾絲將插在腰際的寶劍送給艾柏當獎賞。泰蕾絲已經將菲利浦公爵家當家專用的劍交給阿爾馮斯，所以這是她的私人物品。

「這不是泰蕾絲大人的劍嗎！」

「本宮已經不需要了。你好好使用它吧。再會了，艾柏。」

「泰蕾絲大人——！」

艾柏哭得跪倒在地，泰蕾絲就這樣離開了皇宮。

「感覺有點可憐呢。」

都一把年紀的人了還在皇宮面前大哭，自然會引來許多人的關注，雖然我覺得那樣有點丟臉，但現在的氣氛實在不適合說這種話，因此我只好將這個想法藏在心裡。

「關於住處和照顧本宮的人，彼得殿下都已經安排好了。」

那不就是派人監視嗎……

「彼得殿下不能失敗，所以這也是無可奈何。反正本宮也沒什麼怕被人知道的事情。」

如果把艾柏留在身邊，只會給人可趁之機，所以泰蕾絲才刻意疏遠他。

「那麼，本宮現在正好有空，帶本宮去哪裡逛逛吧。」

「我嗎？」

「還有其他人嗎？」

不，這裡只有我和泰蕾絲在。

「啊，對了。藍茲貝爾格伯爵有介紹本宮一間不錯的店呢。」

其實那個人閒暇時還會撰寫推薦約會景點的導覽書。算是他活用愛情獵人特技進行的副業。

「是什麼樣的店？去逛逛看吧。」

「你這次意外地坦率呢。」

「還好啦。」

泰蕾絲已經不是菲利浦公爵，所以我也不必再特別顧慮她。

「那麼，我們走吧。」

目標的店家就在皇宮附近，走幾分鐘就到了。不愧是藍茲貝爾格伯爵介紹的店，時髦的外觀看起來非常適合約會。

「這該不會是本宮與威德林第一次約會吧。」

「（既然是一男一女在一起喝茶，那應該就算約會了吧？）」

雖然泰蕾絲獨自興奮地說道，但我們一走進店內就發現艾莉絲她們已經坐在裡面了。

這表示她的行動早就被看穿了。

「威德林的妻子們直覺真靈。」

「雖然薇爾瑪昨晚立下了功勞，但我也很擅長探索他人的氣息呢。」

原來如此，即使想偷偷外遇，也會立刻被露易絲發現啊。

「今天威爾旁邊的位子，就讓給泰蕾絲大人吧。」

「妳的溫柔真是讓本宮感動得痛哭流涕。」

我和泰蕾絲並肩坐在艾莉絲她們事先占好的座位。

「現在已經沒有理由硬要妨礙妳了。對吧，艾莉絲。」

「是啊，因為泰蕾絲大人已經不是菲利浦公爵了。」

現在的泰蕾絲已經失去政治上的影響力。要怎麼回應她的追求，是我的個人自由，艾莉絲她們應該也不會干涉吧？

「因為威德林先生幫助過泰蕾絲大人。」

原來如此，其實我當時也能選擇捨棄泰蕾絲，而且就算那麼做也沒什麼好奇怪的。

咦？雖然我只是順勢救了她，但周圍的人似乎都誤會我和她已經是一對了？

「威德林，這間店有賣一個奇怪的餐點。」

「奇怪的餐點？」

或許是因為環繞帝都的戰鬥才剛結束，我一環視店內，就發現店裡有非常多情侶。不過他們吃的東西和喝的東西看起來都很普通……不對，仔細一看，有一個玻璃杯裡面插了兩根像吸管的東西。

「（這是什麼經典的展開……）」

情侶們在一個玻璃杯裡插兩根吸管，然後一起享用。

雖然近年來不管在日本的哪個媒體平臺都很少看見這種景象，但在這個世界還很普遍啊。

「吸管啊……」

「好像是內亂開始前不久的流行。不過你還真清楚呢。因為只有熟練的工匠有辦法作，所以非常昂貴呢。」

這個世界沒有塑膠，因此吸管是用木頭製作。

而且這裡的吸管也有可伸縮的部分，能夠確實地彎曲。

這部分的材料，似乎是使用了魔物的素材。

考慮到必須將木製部分和彎曲的部分結合，或許製造這種吸管需要的技術比我想像中的還要高超。

「不是免洗的啊。」

「一個要一百五十分以上，怎麼可能用完就丟。」

「好貴？」

換算成日圓，一根吸管大約要一萬五千圓，這讓我忍不住大喊出聲。

因為無法透過工廠量產，只能讓工匠一個一個親手製作，所以才會是這種價格啊……

「來，和本宮一起喝飲料吧。」

「所以才要挑這間店啊……」

簡單來講，泰蕾絲想在一個杯子裡插兩根吸管，和我喝同一杯飲料。

「久等了。」

「親愛的，一起喝吧。」

然而艾莉絲她們早就點好了飲料，搶先泰蕾絲一步。

「艾莉絲大人，這樣會不會太狡猾了一點？」

「我們沒有要趕泰蕾絲大人走的意思喔。能不能成功引誘到威爾，就看您個人的魅力了。親愛的，這飲料看起來真好喝。一起喝吧。」

「好——」

其實我一直很想嘗試這種事。這也是讓夫妻生活圓滿的祕訣。

「真好喝。」

「是啊。」

我發現一件事，雖然我前世常在想「笨蛋情侶都去死吧」，但其實這是一種很棒的行為。

不僅能近距離欣賞艾莉絲可愛的臉，飲料本身也很好喝。

然而我忽略了一件事。

「接下來換我。」

「我也要。」

如果是一對一的情侶倒還好，但我有五個妻子。

為了公平起見，我必須輪流和所有人用兩根吸管喝一杯飲料。

「威爾，我們有刻意點不同的飲料。」

「這是伊娜的主意。」

原來如此，只要口味不同就不會膩……這又不是大胃王比賽！

「薇爾瑪小姐，那個容器會不會太大了？」

「是嗎？我覺得算小耶。」

雖然不曉得這間店為什麼會提供這種餐點，但薇爾瑪點了一個裝在巨大茶杯裡的飲料。

「威德林先生，一直喝冰飲料很辛苦吧。所以我點了熱咖啡。好燙！」

卡特琳娜，用吸管喝熱咖啡會燙傷喔。

「嗚嗚……威德林……」

「哇——我好想和泰蕾絲一起喝飲料。」

「這樣啊！」

明明是自己先約我，結果卻被艾莉絲她們搶先的泰蕾絲，露出宛如被人拋棄的小貓般的表情，讓我忍不住答應和她一起喝飲料。

然後她首次露出像是發自內心感到喜悅的笑容，讓我覺得自己看見了好東西……

「肚子變得好大。」

這也是理所當然。

雖然是和別人一起喝，但我連續喝了六杯飲料，而且一般來說，這種時候都是男性會喝的比較多……只有薇爾瑪是特例，總之現在我的肚子裡都是飲料。

一回到迎賓館，我就躺在沙發上。

「喔，帝都現在流行這種店啊。遙小姐，下次一起去吧。」

「好的，請務必讓我同行。」

從我這裡聽說那間店後，艾爾就趁機邀請遙。

「喔……我也一起去好了。艾爾文，一起喝個茶吧？」

「……我不要。」

武臣先生立刻跳出來妨礙。這個人也真的是學不乖。

「原來帝都的年輕人現在流行做這種事啊。會說這種話，就表示我也上了年紀吧？」

「要是在下再年輕個二十歲，應該也會去！」

就在布蘭塔克先生和導師也加入話題時，突然來了一位訪客。

那就是自稱「愛情獵人」的藍茲貝爾格伯爵。

「泰蕾絲大人，那間店還不錯吧？」

「是一間有趣的店。客人也很多。」

「那真是太好了。不僅能夠縮短情侶們的距離，也能為我增加一點收入。大家都能獲得幸福。」

「原來是你開的店啊。」

「想當一個愛情獵人，還是得花不少錢啊。」

藍茲貝爾格伯爵面不改色地回應布蘭塔克先生的吐槽。

「讓那個吸管的前端彎曲，真的是費了我一番工夫呢。直的吸管會讓臉靠得太近。只有不懂戀愛的人，才會希望愈近愈好。情侶之間需要適當的距離。這段距離，會成為渴望彼此的調味料。」

「「「「「喔……」」」」」

藍茲貝爾格伯爵是個能幹的人，只是基於家訓，他不會干涉管理皇宮以外的工作，有空時就享受戀情，或是活用自己的資金和特技經營副業賺錢。

或許像他那樣，才是最聰明的生活方式。

唉，雖然我是學不來……

第九話　紐倫貝爾格公爵的情況

「紐倫貝爾格公爵，你終於要完蛋了嗎？在掀起魯莽的叛亂和殺戮後，徒留永世的惡名。你將成為歷史上的大惡人，感覺會很受後世的歷史學者和小說家的歡迎呢。」

「你這個魔族還真敢說。你打算再活一千年，收集我的壞話嗎？」

「這真不像是博學的紐倫貝爾格公爵會說的話。即使是魔族，也沒辦法活那麼久。吾輩今年一百八十七歲。還要再活一百年才會到平均壽命。」

「哼！能活這麼久就很夠了吧。」

紐倫貝爾格公爵家正處於滅亡邊緣。

在家臣與跟隨我的貴族們當中，有許多人主張現在放棄還太早，只要在南部地區的地盤進行防衛戰就能繼續苟延殘喘。先擋下帝國軍的攻勢，再和赫爾穆特王國進行軍事同盟以求倖存。雖然這樣的意見愈來愈多，但赫爾穆特王國不可能與我們締結同盟。

若在統一帝國的過程中讓外國勢力介入，就不可能有辦法統一大陸。

「如果不能靠自己的力量統一帝國，那我當初掀起叛亂有何意義。」

「就是這種無謂的自尊，縮短了你的壽命。」

「這一切都符合你的計畫吧？」

話雖如此，這樣下去我必死無疑。

不論是捕殺泰蕾絲或殺害鮑麥斯特伯爵一行人的行動都以失敗告終，我不僅失去了包含塔蘭托在內的許多魔法師，還多出彼得殿下這個出乎意料的勁敵。

「簡直就像是命運在追殺你一樣。」

「哼！」

命運？

我才不相信什麼命運。

「歷史——偶爾會誕生出令人意外的英雄呢。」

「你太囉唆了，魔族。」

兩度求我饒命的無能皇帝，他的三男，那個叫彼得的年輕人，曾因為母親是平民而被許多貴族蔑稱為「平民皇子」。而即使出身僅次於帝國皇家的名門，我紐倫貝爾格公爵卻要被那個平民皇子給毀滅嗎？

「血統與能力是毫無關連的兩件事。就是因為不明白這點，你才會跟那個皇帝一樣輸掉。」

「你還是一樣是個令人生氣的男人。」

「吾輩一直都很誠實，所以容易被誤解。」

我覺得應該不是這個問題。

「不可思議的是，鮑麥斯特伯爵居然會支持那個輕浮的人。」

「你說得沒錯。不過鮑麥斯特伯爵也真是愛作怪，他身上該不會也流著魔族的血吧？」

王國的最終兵器也一樣，他們難道是怪物嗎？

甚至讓人忍不住懷疑他們是否流著魔族的血。

「魔族與人類的混血兒，早在將近一萬年前就從這塊大陸消失了，比較有可能是隔世遺傳吧。」

「隔世遺傳？」

「很久以前，有個被你們稱作古代魔法文明的時代。」

「給我說明清楚。」

這個魔族似乎知道什麼內情，所以我要求他說明。

為了與那些傢伙對抗，情報當然是愈多愈好。

「古代魔法文明時代發展出高度的魔法技術，且曾經和魔族之國進行交易。」

「這麼說來，你好像是來自遙遠的西部。」

儘管外表看起來是個穿白色燕尾服搭配大禮帽，配戴單眼眼鏡並留著顯眼小鬍子的普通中年紳士，但他擁有魔族特有的長耳朵。

他之前突然出現在我面前。

我一開始以為他是想引誘我墮落，結果卻被他嘲笑我故事看太多了。據說這個魔族，是個考古學者。

「紐倫貝爾格公爵。你的領地有許多貴重的古代遺產，所以希望你能讓吾輩調查。」

坦白講，我看不穿這個男人的本性。

是因為他背後的魔族之國，想讓這塊大陸陷入混亂；還是單純因為求知慾，才會接近我這個地下遺跡所在的土地統治者呢。無論如何，就結果而言，我還是獲得了大量古代文明的遺產。

擁有動物外形的自爆型魔像、量產型的龍魔像，以及能妨礙「移動」與「通訊」的巨大魔導裝置。取得這些東西，對掀起內亂非常有幫助。

「姑且不論數量，出乎意料地沒什麼稀奇的東西呢。」

他本人似乎對這些成果有點不滿。

魔族……這傢伙另一個奇怪的地方，就是不願報上本名。

所以我才直接叫他魔族，而他對此也毫無怨言。

儘管我不太喜歡他，但他會幫我修理和維護那些出土品。

「你果然是為了魔族之國在行動嗎？」

「吾輩是偷渡出境，所以沒這回事。」

雖然看起來非常可疑，但身為魔族的他確實擁有龐大的魔力。

「魔族數量稀少，但相對地所有人都是魔法師。」

魔族的魔力量非常驚人。

即使他必須定期為妨礙「移動」與「通訊」的裝置補充魔力，還是能同時修理和維護出土品，

並默默地獨自進行研究。
「只能祈禱魔族真的不會攻過來了。」
「魔族也有各式各樣的人。其中也有人提議來這塊大陸發展。」
「發展？」
「魔族這個種族已經瀕臨極限。」
這幾千年來，魔族似乎愈來愈難產下子嗣。
「也就是所謂的少子化。雖說西部的魔國是個島國，但面積堪比次大陸。明明沒有發生戰爭，政治也十分安定，不婚者卻持續增加，新生兒也愈來愈少。目前出生率已經快低於一點一。順帶一提，紐倫貝爾格公爵領地的出生率超過四。」
雖然提到「出生率」這個奇怪的名詞，但我更在意魔族的「發展」。
語言真是個方便的東西。
即使目的是侵略，也能用這個詞蒙混過去。
換句話說，就和帝國有人主張南進，王國有人主張北進那樣，魔國也有人主張侵略大陸嗎。儘管現在人數不多，但若魔國的少子化情形持續惡化，這方面的意見或許會增加。
你說正常來講應該會相反？
真愚蠢，戰爭會激起人類的本能。
就算是那些討厭且反對戰爭的愚民，只要自己和家人沒有戰死或負傷，還是會為自己所屬的國家與領主的勝利感到高興。勝者一定會蹂躪並壓榨敗者，只是程度多少的差別。

既然自己人數不足，就透過支配下等的異種族與人類來填補，就算出現這樣的想法也不奇怪。為了取回種族的本能，魔族有可能會進攻這塊人類居住的大陸。

我必須統一這塊大陸，防範那樣的可能性。

即使必須利用這名魔族也一樣。

「回到先前的話題，你說鮑麥斯特伯爵是隔世遺傳？」

「以魔族的標準來看，他的魔力量在上級中只能排下位。因為還有成長的空間，所以很可能提升到魔族上級的中段以上。現代人不太可能擁有這種魔力量，所以認為是古代魔法文明時代人民的隔世遺傳比較妥當。」

「你還真清楚。」

「雖然沒有實際見過，但據說古代魔法文明擁有人工增加魔法師的技術。」

「你說什麼！居然有那種技術？」

「只不過是一萬年前就已經失傳的技術。」

不愧是自稱考古學者的男人，看來魔族對古代魔法文明時代也知之甚詳。

居然會知道製造魔法師這種不得了的技術。

「魔族的國家還沒滅亡，所以遺留下來的資料相對地也比較多。可以確定古代魔法文明擁有極度先進的魔法技術。」

古代魔法文明時代，是逐漸結合起來的聯合國家。

雖然位於大陸中央的本國十分強盛，但由於政治方面沒什麼不安要素，因此承認地方的小國家在一定程度上擁有自治權。

「尤其是大陸最南端的秋津洲共和國，那裡的統治者還是由國民選舉產生。」

「帝國的制度也差不多。」

「帝國只有議員能夠投票。在秋津洲共和國，只要是十八歲以上的男女誰都能夠投票。現在魔族的國家也是如此。」

「哼，是眾愚政治啊。」

居然讓不懂政治的民眾選出政治家？

就連現在的帝國議會都愈來愈多愚蠢的議員了，那麼做只會讓政治陷入混亂。

「或許是這樣沒錯，但政治是一種手段，只要實際執行的人握有力量，採取哪種政治體制都無所謂。」

「考古學者，你也兼任政治學者嗎？」

「只是借用前同事的話而已。回到原本的話題，隨著魔法技術的發展，需要的魔法師數量也變得愈來愈多。」

然而不可能突然誕生那麼多魔法師。

於是便開始有人研究以人工方式增加魔法師。

「雖然一開始挫折不斷，但最後終於找到方法了。研究者們在生物設計圖中，發現了與魔力和魔法有關的部分。」

「生物設計圖？」

「所有生物的成立，都是以這個情報為基礎。生出來的孩子之所以與父母相似，也是因為這個。」

「等一下。魔法師的孩子很少遺傳到魔法師的資質，不如說和遺傳根本就沒關係。」

如果魔法師會遺傳，那這世界早就一堆魔法師了。

「因為牽涉到困難的專門知識，所以吾輩簡單說明一下，那份生物設計圖，包含了極端的隱性遺傳要素。」

「隱性遺傳？」

「金髮與黑髮的父母所生的小孩，是金髮比較多還是黑髮比較多？答案是黑髮的小孩。換句話說，金髮是隱性遺傳。」

原來如此，黑髮是顯性遺傳啊。

那我打壓瑞穗人的作法是正確的。

如果讓那些人繼續增加，帝國就會被從內部吞噬。

「魔法師的生物設計圖，是極端的隱性遺傳。只有在父母都擁有這種資質時，才有可能遺傳。」

「喂，就算是魔法師之間的小孩，也不一定會是魔法師啊。」

所以說如果是那樣，這世界早就一堆魔法師了。

「因為還有另一個遺傳要素。那是被記載在和『魔力具現化與增殖』有關的資料當中。」

「簡單來講，沒有那個就無法成為魔法師？」

「必須同時具備兩者才能成為魔法師。如果只具備其中一樣，就只能擁有和這塊大陸的一般人一樣多的魔力。在現代人當中，其實很多人具備魔法師的設計圖。吾輩曾經採取領民們的毛髮進行調查，結果發現有兩成的人具備這種設計圖。從統計學的角度來看，這應該是平均數值。」

統計學啊……

看來魔族的國家，有許多先進的技術和學問。

「簡單來講，古代魔法文明時代開發出來的製造人工魔法師的技術，就是將『魔力具現化與增殖』的生物設計圖固定下來的技術嗎？」

「沒錯。因為魔族不需要那種技術，所以那項技術後來就失傳了。」

如果取得那種技術，就能增產魔法師，真是太令人遺憾了。

「那麼，你怎麼知道鮑麥斯特伯爵的狀況是隔世遺傳？」

「因為以前的資料有寫。古代魔法文明時代的人工魔法師，全都擁有和他同等的魔力。再來就是根據你提供的情報。他的配偶全都是魔法師吧。」

「那又如何？」

「所有人都是魔法師，在統計學上實在說不通。根據資料，有些人在婚前應該不是魔法師吧。」

這點的確很奇怪。

不過也可能是原本就具備魔法師的素質，只是在婚後透過「容量配合」讓才能開花結果吧？

「聖女」、「暴風」和「破壞魔」以外的兩人，都是中級程度。

雖然那樣也算非常貴重，但也可能是因為只有中級，所以之前才沒注意到？

不對，王國應該也有規定人民必須在小時候接受魔力檢查。

這樣的確是很奇怪。

「以前的資料還有提到一點。那就是即使同時具備那兩種生物設計圖，如果沒有受到刺激，到死都不會發現魔法師的才能。」

「這是什麼意思？」

「即使只看現代人，在紐倫貝爾格公爵領地的領民當中，還是有百分之八的人同時擁有兩種設計圖。這也算是平均值。」

「如果是這樣，那魔法師也太少了。」

何況如果這樣都無法找出魔法師，特地將判別用的水晶發給偏僻的農村，不就沒意義了嗎？

「透過判別用水晶和容量配合找到的魔法師比例，其實和古代魔法文明時代差不多。」

也就是不到百分之一吧。

「明明擁有生物設計圖，卻沒有顯現出魔法的才能。雖然古代人一開始想透過嚴格的修行喚醒才能，但效率似乎非常差。」

如果光靠嚴格的訓練就能成為魔法師，那我紐倫貝爾格公爵家諸侯軍的士兵就算出現幾個會魔法的人也不奇怪。

「經過反覆研究後，古代人發現了另一種生物設計圖，創造出同時擁有三種設計圖的人工魔法師。這種人工魔法師有個極大的特徵。」

那就是只要和擁有三種生物設計圖的異性生下子嗣，那個小孩就百分之百會是魔法師。

根據魔族的說明，原本沒有顯現出魔法才能、只擁有兩種生物設計圖的人，也能透過給予某種刺激喚醒魔法師的才能。

「結果就是至今都被認為無法使用魔法的人，突然變得會用魔法；原本就會用魔法的人，魔力也因為潛力被激發而增加。古代魔法文明時代的人，就是透過這種方法增加魔法師。」

原來如此，所以才能建立起那麼繁榮的時代。

「不過這和鮑麥斯特伯爵的隔世遺傳……魔族，激發潛在能力的因子是什麼？」

「就是人類贏過魔族的部分，支持其繁殖力的性慾。因為過程伴隨著快樂，所以人類才會大量增加，在數量方面遠勝於魔族。」

「別說蠢話了。魔族也一樣吧。」

魔族的外表和人類差不多，所以總不可能是靠生蛋來增加。

我從來沒聽過那樣的說法。

「近年來，年輕的魔族被稱作草食系，對戀愛和結婚都沒有興趣，許多人都只沉浸在興趣和工作中。政府的少子化對策也經常以失敗告終。」

或許就是因為擁有高度的文明，不需要煩惱生活，所以才會逐漸喪失作為生物的活力。

哼，不管哪個國家和種族，都有一堆事情要煩惱呢。

「鮑麥斯特伯爵的妻子們原本就擁有潛力，所以她們的魔力資質才會在婚後顯現並獲得強化啊，不過古代魔法文明時代的研究者們的興趣也真是低俗……」

「是嗎？如果想增加魔法師的數量，這是最快的方法。魔法師在以前也受到厚待，甚至還有女性會因為想成為魔法師或生下魔法師而靠近人工魔法師，而人工魔法師也能自由挑選喜歡的女性。這不是男人的夢想嗎？」

「說得也是。」

我也是個男人，所以不是不能體會那種心情。

「不過為何鮑麥斯特伯爵身上會出現那種因子？」

「這部分還是個謎，調查這個是學者或研究者的工作，不過你給吾輩看的關於鮑麥斯特伯爵的報告書，感覺有點奇怪。」

「哪裡奇怪？」

關於鮑麥斯特伯爵，我也花了不少時間和金錢調查。

那麼厲害的男人，究竟會成為我的敵人還是夥伴？

不管結果如何，都必須先了解對方。

「你想否定我的調查嗎？」

「只有一個地方讓吾輩覺得奇怪。根據報告書的記載，鮑麥斯特伯爵的魔力資質，是在五、六歲時顯現。這實在太奇怪了。」

「為什麼？」

「如果人工魔法師的因子有顯現出來，應該一出生就會被發現擁有魔力。」

「那只是因為他的老家太鄉下才無法調查吧。」

「人工魔法師一出生就會發出虹色的光芒，那被稱作『人工魔法師的虹色』。既然他不是棄嬰，那接生者或家人應該會發現才對。」

「你的意思是，鮑麥斯特伯爵五、六歲時可能發生過什麼事嗎？不是因為他的才能碰巧在那時候才覺醒？」

應該無法確定所有人的才能，都一定會在剛出生就覺醒吧。

「你有好好在聽吾輩說話嗎？生物設計圖是天生的東西，不可能後天才突然跑出來。」

原來如此，因為是生物設計圖，所以一出生時就已經決定了。

這表示人工魔法師的魔力不可能後天才突然覺醒。

「聽說鮑麥斯特伯爵，是他的父親在超過四十歲後才生下的兒子。儘管眾人皆認為他是正妻在高齡時產下的子嗣，但這也有可能是為了隱藏他的生母另有其人的事實。」

將與其他女人生的小孩偽裝成正妻的孩子，這對貴族來說並不是什麼稀奇事。

原來如此，這樣我就能理解了。

如果他的母親是貧窮的農民之女，那確實有可能不會被人發現。

「保險起見，我先確認一下，生物設計圖有可能突然改變嗎？」

「不是不可能，但就這塊大陸來說，現在應該是不可能。」

「現在不可能？這是什麼意思？」

「意思是在一萬年前，有可能辦得到。」

一萬年前，是指儘管係採取聯合國家的形式，但還是統一了大陸的古代魔法文明的中心國家，在建立遠勝其他國家的繁榮後，突然因為不明原因毀滅的事情吧。

即使擁有比現代還要優秀的魔法技術，那個國家仍在某一天突然滅亡。

帝國和王國雙方的歷史學者和考古學者，至今仍未解開那個謎團。

「我等魔族也並非萬能，所以也無法精確掌握古代魔法文明滅亡的原因，但大致上還是有個底。畢竟我們以前曾派遣調查團，當時的資料也都還留著。」

「這我倒是第一次聽說。」

一部分是因為我對考古學沒興趣，所以從來沒問過他，但主要原因還是因為他就是這種人。

明明平常不管問什麼他都會打馬虎眼，偶爾卻會像這樣突然開始長篇大論。

是因為學者原本就很隨興，還是因為他背後的魔國呢？

儘管對此感到生氣，但要是觸怒這個魔族並惹他不高興，導致他不再說下去也很令人困擾。現在姿態還是先擺低一點比較好。

「簡單來講，就是因為太過傲慢才失敗。」

「失敗？」

「因為透過人工魔法師增加了魔法師，變得能夠利用大量的魔力，所以才想對某個巨大的魔導裝置進行實驗。」

「結果失敗爆炸了啊……」

「根據事後前往當地調查的魔族調查團所言，那是一場非常嚴重的爆炸。」

吉千特裂縫似乎就是在那個時候產生。此外首都與其周邊數百公里的範圍內，也幾乎都被消滅，既然統治整塊大陸的國家中樞瞬間消失，那之後的混亂與毀滅自然也不難想像。

「遠遠超出常識的魔力被集中到同一個地方，在爆炸後散布到整塊大陸。那些破碎的魔力在與土地結合後，就成了被稱作『大陸之斑』的魔物領域。」

換句話說，在古代魔法文明時代以前，還沒有魔物領域嗎？

「那魔物又是怎麼回事？」

「如果讓身體暴露在遠遠超出正常濃度的魔力當中，可能會對生物的生物設計圖造成影響。大部分的生物不是死掉就是變成無法生育的畸形，但其中也有些倖存下來的物種，建立了屬於自己的繁榮。」

那就是魔物的真面目嗎？

「那領域的頭目呢？」

「因為牠們是領域中體內蘊含最多魔力的存在，所以只要牠們一被打倒，原本魔力過剩的土地就會恢復均衡，這麼一來，中小型的魔物就會難以在那塊土地生存。」

真是不得了，居然如此輕描淡寫地就解開了兩國的所有研究者都解不開的謎團。

所以才不能對魔族大意。

「你真是博學多聞呢。」

「因為我是專家。最近有許多魔族的年輕人根本就不願意學習。」

「跟年輕人抱怨這種事，會被討厭喔。」

「吾輩年輕時也被老人們說過相同的話。」

雖然得知了歷史的真相，但戰局並不會因此好轉。

不過這些都是全人類只有我知道的事情，所以多少還是讓我產生了一些優越感。

「對了，差點忘記鮑麥斯特伯爵的事情。那個男人為何突然隔世遺傳了那種因子？」

「用隔世遺傳來形容，或許不太精確。雖然極度罕見，但即使不依靠固定技術，第三種生物設計圖偶爾還是會自然顯現。所以正確答案，應該是這種現象碰巧發生在鮑麥斯特伯爵身上。」

「等一下，這樣不是很奇怪嗎？既然古代魔法文明時代發明了固定技術，並成功讓下一個世代繼承，為什麼他們的子孫沒有繼承第三種生物設計圖？」

「即使是已經失傳的固定化技術，也頂多只能固定幾百年。如果不持續加以固定，其子孫就會逐漸無法繼承第三種生物設計圖。」

另一個原因，就是古代魔法文明崩壞後產生的混亂。

當時大陸上絕大部分的土地，應該都成了魔物的領域。

人類為了開拓可居住的領域，動員了許多擁有第三設計圖的魔法師與魔物戰鬥，許多人也因此而死。

大概就是這樣吧？

「哼，鮑麥斯特伯爵與其子孫，在之後還能繁榮幾百年嗎？」

因為擁有魔法師的遺傳要素，所以他們將被赫爾穆特王國重用，並為王國帶來進一步的發展吧。

「而我居然在最壞的時間點發動叛亂，害帝國的國力衰退嗎？」

「這在歷史上是常有的事情。你還是別太在意比較好。」

「你有資格說這種話嗎？」

他的言行裡充滿了對人類的鄙視。是因為學者真的對政治沒興趣，還是因為魔國指示他引誘我發動叛亂呢？

總而言之，無法看穿這個魔族的想法實在令人困擾。

「那麼，你打算殺掉鮑麥斯特伯爵嗎？」

「如果辦得到的話。」

怎麼可能，他可是能讓魔法師增加的寶貴棋子。不過從現狀來看，也只能殺了他吧？

「祝你順利。」

「我還有王牌。你快去準備吧。」

「畢竟受過你的照顧，吾輩至少會回報這份恩情。」

最後的戰鬥即將來臨，因此我派魔族去整頓最後的王牌。

魔族果然危險。雖然我從他身上獲得不少技術，但應該還要花好幾百年，才有辦法追上他們吧。

為了對抗魔族，人類果然必須團結一致。

和王國攜手對抗魔族太危險了。如果他們只顧著讓自己活下來，選擇和魔族聯手，帝國可能會被單方面蹂躪。

不能讓人類勢力分裂成兩塊。

為了統一琳蓋亞大陸，就算讓我被後世當成惡魔唾罵也無所謂。

即使必須再流更多的血，我也一定要統一琳蓋亞大陸。

不然我作為紐倫貝爾格公爵的人生，究竟有什麼意義？

泰蕾絲，妳也是如此吧？

第十話　巨砲是男人的浪漫？

「前方，確認反叛軍已經投降。」

「又來啦。真是掃興。」

「那當然。現在分散軍隊也沒意義，只會成為被各個擊破的對象。所以紐倫貝爾格公爵應該將所有軍隊都集中在根據地。」

彼得擔任總司令，再次攻打紐倫貝爾格公爵領地。

這次的進軍非常順利，到現在還沒發生過任何戰鬥。

許多貴族與軍隊都放棄支持紐倫貝爾格公爵選擇投降，我們沒收他們的武器，將他們送到後方，然後繼續行軍。

「我們的工作就只有沒收武器，以及將投降的人員移送到後方呢。」

「不過最後一定會受到盛大的歡迎。」

「是啊。紐倫貝爾格公爵一定會在根據地做好萬全的準備迎接我們。而且他從一開始就不打算依靠那些投降的人。不如說讓他們投降，反而能增加彼得殿下的負擔。」

「畢竟我們不能殺害俘虜。」

「遙夫人，妳說得沒錯。」

「我、我還沒正式結婚啦！」

「只是遲早的事。沒什麼好害羞的吧。」

「是這樣沒錯……」

菲利浦和克里斯多夫都有好好指揮王國軍。

艾爾和遙現在也非常習慣指揮大軍，能夠邊處理護送降兵的工作邊和其他人聊天。克里斯多夫原本就很擅長處理這方面的事情，甚至還有餘裕調侃已經和艾爾訂婚的遙。菲利浦也一樣，如果這個人不是出生在布洛瓦藩侯家，也不用在紛爭中表現出那樣的醜態。

「威德林，你在想什麼？」

「沒什麼。話說妳不必特別從軍吧？」

「雖然這樣會給你添麻煩，但本宮想親眼確認紐倫貝爾格公爵……不對，馬克斯的死。」

還有另一個背負陰暗過去的人物也參加了王國軍。

那就是從菲利浦公爵的位子引退的泰蕾絲。

她志願參加，當然也引起了彼得他們的疑慮。

「在這時候參加？妳不怕引來多餘的懷疑嗎？」

雖然語氣一如往常，但彼得看起來不太高興。

「泰蕾絲大人，您的理由是什麼？」

「身為與這場內亂有關的人之一，本宮必須見證到最後。」

「妳想見證什麼？」

「當然是紐倫貝爾格公爵死去的瞬間。」

就連平常總是不動聲色的彼得，都忍不住對泰蕾絲的回答感到驚訝。

「無論有什麼理由，紐倫貝爾格公爵的罪狀都沒有酌情減輕的餘地。那傢伙只有死路一條。他唯一稱得上朋友的人，就只有和他認識最久的本宮，所以必須由本宮來見證他的死期。」

「這樣啊。原來紐倫貝爾格公爵也沒有朋友。一出生就是公爵也很辛苦呢。」

彼得從一開始就是不被期待的平民皇子，所以有許多和他立場相同的朋友。彼得現在也依然受到那些人的支持，算是和紐倫貝爾格公爵完全相反的人物。雖然紐倫貝爾格公爵有自己重用的家臣和志同道合的貴族，但似乎一個朋友也沒有。

「威德林也一樣吧。」

「我可是有朋友的！」

彼得真是個失禮的傢伙。就算是我，也不至於沒有任何朋友吧！

「想見證紐倫貝爾格公爵的死啊……」

「等這件事結束後，本宮在帝國就沒有任何事要做了……」

「……我知道了。我許可。就把妳當作是神祕的女士兵泰蕾絲吧。」

獲得彼得的許可後，泰蕾絲以一介士兵的身分加入了王國軍。

不是加入帝國軍，也顯示出她複雜的立場。

彼得親自率領的帝國軍主力部隊順利地進軍，不到一個月的時間，就控制了整個帝國。

「唉，除了紐倫貝爾格公爵他們堅守的那座地下要塞以外。」

總算占領了紐倫貝爾格公爵家官邸後，布蘭塔克先生看著一旁的山岳地帶說道。其實在那個山岳地帶的地下，有一座古代魔法文明時代的軍事要塞，而且大部分的防衛設施，現在依然能夠使用。根據我們從投降的家臣那裡打探到的情報，紐倫貝爾格公爵就是在那座地下要塞挖掘出各式各樣的魔法道具。

「放棄所有領地和據點，據守那裡爭取時間啊。」

艾爾嘆了口氣，表示想攻下那裡可能得花不少時間。

「主要的防衛設施，當然是位於遺跡所在的地底下。」

紐倫貝爾格公爵嚴選出數萬精銳，帶著大量的物資與食物躲進了古代魔法文明時代的軍事地下要塞。

聽說攻擊方的戰力如果不到防守方的三倍，就會打得很辛苦。儘管我們的士兵數量超過對方的三倍，但帝國軍終究是一支東拼西湊的部隊。更重要的是，敵人很可能還藏有能當成武器使用的魔法道具。

布蘭塔克先生推測這將演變成一場嚴苛的戰鬥。

「彼得應該有什麼妙計吧？」

「首先是依照傳統的戰法，將這裡包圍到連一隻螞蟻都爬不出來……唉，應該不可能吧！」

這裡是利用山脈底下的遺跡建成的防衛設施，所以除非用誇張的大軍包圍，否則一定會有漏洞。

紐倫貝爾格公爵領地的領民們表面上對侵略者極度順從，但其實早就建立了會偷偷幫忙補給糧食和傳達情報的地下組織吧。

「真是棘手……在剷除這種抵抗勢力時，要是一不小心殺害無辜的領民……」

至今對彼得他們表示服從的領民們，或許會因此跟著反抗。

如果與紐倫貝爾格公爵領地的多數領民為敵，好不容易聚集大軍的彼得瞬間就會失去優勢。

「紐倫貝爾格公爵就只有在軍事方面是個天才呢。」

伊娜的評價非常正確。不過就算是為了活下來，感覺紐倫貝爾格公爵並沒有考慮到之後的事情。

因為要是再繼續拖延下去，紐倫貝爾格公爵領地也會跟著變荒廢。

「不過，親愛的，我們還是別多管閒事比較好……」

「說得也是……」

內亂已經進入最後的收尾階段，等彼得擊敗紐倫貝爾格公爵後，一切就結束了。在這樣的氣氛下，我們這些外國人還是低調一點比較好。

只要有參加就行了。

瑞穗伯國軍的情況也一樣，他們已經在帝都防衛戰中立下足夠的戰功，所以退到了後方。

「我們的陣地，在瑞穗伯國軍的旁邊呢。」

彼得的勝利幾乎已經無可動搖，所以許多貴族和軍人都充滿幹勁，希望能在進攻紐倫貝爾格公爵據守的地下要塞時立下功勞，而作為獎賞，他們也將獲得新的領地、戰費補助，或是更高的地位與爵位。

所以我們這些外人決定在後方觀戰，讓他們負責進攻。

就在我們於彼得指定的地點布陣後，一旁的瑞穗伯國軍派了使者過來。

「打擾了！主公大人想招待鮑麥斯特伯爵等人一同用餐。」

「請幫忙轉達我們非常樂意過去。」

反正我們彼此都很閒，一起吃個飯也不錯。

「泰蕾絲大人看起來不怎麼遺憾呢。」

「本宮已是自由之身。別說是不滿了，甚至還覺得慶幸。」

「皇帝的寶座無法為人帶來幸福啊。」

「因為那個寶座是由荊棘編織而成。」

泰蕾絲並不在意瑞穗上級伯爵改為支持彼得的事情，瑞穗上級伯爵也沒提及泰蕾絲之前放過皇帝的事情。這表示兩人都已經不計前嫌了吧。

「哎呀，真是漂亮。」

「原來也有能透過視覺享受的料理呢。」

卡特琳娜和布蘭塔克先生一看見不像是會出現在戰場上的豪華料理，眼神就變得十分燦爛。瑞穗準備的餐點，是豪華的懷石料理。

雖然在戰時端出這種料理感覺不太妥當，但反正紐倫貝爾格公爵家諸侯軍幾乎不可能離開地下要塞主動出擊，所以應該沒關係吧。

我前世只有在接待客戶時，吃過一次這種料理。以我當時的薪水，實在吃不起這種等級的料理。

前菜：豆腐、鮑魚、蜂斗菜梗、豆渣。

碗裝料理：鯛魚腐皮卷、烤烏魚子、舞菇。

生魚片：黑鮪魚、烏賊、比目魚、蝦子、魁蛤。

小菜拼盤：文蛤、水菜、醃星鰻、山椒烤竹筍、甜煮沙丁魚、魚卵昆布。

燒烤料理：味噌醃馬鮫魚、蜂斗菜花。

燉煮料理：蛋包小蕪菁鮟鱇魚肝、白菜、小芋頭。

涼拌菜：水針魚、蕪菁塊根、木耳。

飯食：松茸飯。

餐後湯：紅味噌湯。

醬菜：白菜、紫蘇醬菜。

甜點：水羊羹、梨子、抹茶。

桌上擺了用類似和紙的紙張寫成的菜單，穿著瑞穗服的年輕士兵負責上菜。配合工作性質，那些士兵都長得十分俊美。

話說回來，這些食材的名字大多都和日本一樣呢……

「真好吃。」

「好豪華喔。」

「雖然好吃，但要是量再多一點就好了。」

「在下也這麼覺得！而且也想喝酒呢！」

伊娜和露易絲都坦率地享受高級懷石料理，薇爾瑪則是覺得分量不夠，看來晚點回去後還得再吃點其他東西。

導師甚至任性地說想喝酒。

「舅舅，這裡是戰場，還是等結束之後再喝吧。」

「唔嗯……真遺憾。」

導師被年紀比自己小的外甥女艾莉絲安撫，正常情況應該是相反吧。

「為泰蕾絲大人成為自由之身乾杯。瑞穗伯國接下來也不得不參與帝國的政治，麻煩事也會變多吧。」

「現在麻煩還沒解決喔。」

瑞穗上級伯爵感嘆內亂結束後還是不得閒，泰蕾絲也簡短地對他提出忠告。

「情況果然不太妙嗎？」

「紐倫貝爾格公爵不是被逼進地下要塞，而是自己主動進入地下要塞堅守。雖然兵力減少很多，但剩下的都是真正的精銳。如果那些急著立功的人什麼都沒想就衝進去，應該會增加無謂的犧牲。」

泰蕾絲的預測，隔天就成了現實。

「本來想看情況試著進攻看看，結果輸掉了。」

「那真是糟糕。唉，反正最後能贏就好，加油吧。」

「欸——！怎麼會是這種反應？」

我還在想昨晚為什麼會那麼吵，原來是彼得派一支軍隊進行夜襲。

隔天早上，彼得在我們用炭火爐和火堆烤從瑞穗上級伯爵那裡拿到的食材代替早餐時來訪。

「這都在預期之內吧？」

「唔唔，有泰蕾絲大人在還真是難辦……」

「威德林，簡單來講，就是有笨蛋想趕緊討伐紐倫貝爾格公爵，好在戰後利用這筆戰功與彼得殿下對抗，結果毫無對策就衝進地下要塞，並反過來被對方收拾掉了。你無須在意。」

「聽起來真危險。」

意思是彼得這傢伙，利用這場戰鬥收拾了潛在的敵人啊。

「威德林不需要蹚這渾水。這個叫秋刀魚的魚油脂豐富，真是美味呢。搭配蘿蔔泥和酸橘，吃起來非常爽口。果然還是紐倫貝爾格公爵領地產的秋刀魚最棒了。」

「泰蕾絲，那是菲利浦公爵領地產的喔。雖然捕的人是瑞穗的漁夫。」

「本宮知道，只是開個玩笑而已。」

泰蕾絲邊吃秋刀魚，邊說些像是出現在日本落語故事裡的大人物會說的話。

「不曉得栗子烤好了沒？」

「威爾，烤好囉。」

「不過剛烤好很危險！」

「是嗎？只要像這樣剝……」

露易絲用微弱的魔力包住手指，一瞬間就把剛烤好的栗子剝得漂漂亮亮。

一般人應該會燙傷，而且也無法連薄皮都剝得那麼乾淨。

這是只有露易絲這種武術達人才辦得到的技巧。

「露易絲真厲害。還有烤栗子真好吃。」

「嘿嘿，被威爾誇獎了。烤栗子很好吃吧。」

我們大家一起享用露易絲快速剝好的栗子。
「親愛的，我晚點會做蒙布朗和糖漬栗子。果然還是當季的栗子最好吃呢。」
「艾莉絲大人，我晚點也會做栗子羊羹和栗子紅豆湯。」
「聽起來也很好吃。」
「威爾，我烤了芋頭。當季的芋頭又甜又美味喔。」
「芋頭也不錯呢。」
「偶爾吃這種早餐也不錯。」
我們一起開心地烤各式各樣的食材。
「那個……各位有在聽我說話嗎？」
雖然有在聽，但我不認為帝國軍會因為一兩個沉不住氣的貴族就變得無法繼續作戰，所以應該不需要我們幫忙。
「這時候讓外國人出場可能會被人罵多管閒事呢。雖然秋刀魚很好吃，但我更想喝酒呢。」
「布蘭塔克先生，現在好歹在打戰啊。」
「伊娜姑娘真是正經。唉，真想早點休假。」
布蘭塔克先生把我想說的都說完了，剩下的事情，就讓帝國軍自己努力吧。
「不過，現在已經不是能這麼說的情況了……」

「哎呀，這不是鮑麥斯特伯爵大人嗎？傷患的治療已經結束囉。」

「是這樣嗎？」

「真不好意思，還勞煩艾莉絲大人也一起過來。因為兩個教派的教會都願意提供協助，所以目前不缺治癒魔法師。」

一前往帝國軍的大本營，在從彼得那裡獲得領地和爵位後真的變成男爵大人的「男爵大人」就過來和我們打招呼。在男爵大人與其他教會派來的治癒魔法師的努力下，負傷的友軍已經都被治療完畢。只有那些急著建立戰功的貴族軍隊有出現犧牲者，吉伯特指揮的帝國軍沒有受損，毫無動搖。

在這樣的狀態下，找我們到底有什麼事？

「關於那個利用神祕地下遺跡建成的地下要塞。既然防守的人是那個紐倫貝爾格公爵，那當然有設下陷阱。」

那個地下要塞設置了大量的「利牙」。

要塞內設置了許多能發射吐息的裝置，可以說是之前那種龍魔像的小型版，在陰暗的狀態下發動夜襲的貴族們，似乎就是中了這個陷阱。

「我們早就猜到可能會有這種武器，所以本來想拜託魔法師部隊和瑞穗上級伯爵，利用魔砲破壞那些裝置……」

然而紐倫貝爾格公爵的王牌不只這些。

根據彼得的說法，他們試過讓一些魔法師攻擊吐息發射裝置，結果發現攻擊全都被某種神祕的魔法防護罩擋了下來。

「因為對方能清楚看見我們的行動，所以既可以透過魔法防護罩防止我們入侵，也可以暫時解除防護罩用吐息發射裝置擊退我們。這實在讓我們束手無策。」

「只要派魔法師去應付就行了吧。」

「我們的魔法師數量也少了很多啊。」

帝國在這場內亂中失去了許多魔法師。在讓艾梅拉擔任首席魔導師時，甚至沒有人跳出來主張她太過年輕所以不適任，可見帝國現在有多缺魔法師。

「話雖如此，艾梅拉小姐的魔力量幾乎和我差不多，所以我的魔法應該無法打破那個防護罩吧？威德林先生和導師也不見得辦得到。」

卡特琳娜說得沒錯，畢竟我們面對的可是古代魔法文明的遺產……

彼得似乎也沒樂觀到認為只要我和導師全力使出魔法，就能解決問題。

「瑞穗的魔砲呢？」

「瑞穗上級伯爵說威力可能不足以射穿魔法防護罩……」

此時突然響起一陣爆炸聲，過不久就連肌膚都感覺得到空氣在振動。

應該是瑞穗伯國軍朝那個魔法防護罩發射魔砲了吧。

「……看來是失敗了。」

幾分鐘後，從瑞穗上級伯爵那裡傳來作戰失敗的聯絡。

「無計可施了呢。」

「殿下，還是用大軍包圍，等待對方斷糧吧。」

「應該辦不到吧。」

首先，就像之前說的那樣，這座地下要塞實在太過巨大，即使派出大軍也難以徹底包圍。

當地居民也並非所有人都歸順帝國，紐倫貝爾格公爵不可能沒建立會偷偷帶情報和糧食進入地下要塞的地下組織。

「光是他們目前帶進去的糧食，就已經夠他們守在那裡好幾年了。他就是為了這個目的，才會只留下精銳。」

只要讓其他人投降，帝國就不得不負擔那些人需要的糧食。

「帝國軍只要繼續動員大軍，就會不斷消耗金錢與糧食。話雖如此，如果在這時候半途而廢，紐倫貝爾格公爵就能從地下要塞中出來恢復領地。」

「不行，這樣根本贏不了。」

沒想到想打倒躲在地下要塞內的紐倫貝爾格公爵，居然會這麼困難。

「只要能打破那個魔法防護罩，我們就有勝算。」

原來如此，地下要塞太過巨大，以紐倫貝爾格公爵現在的兵力根本無法徹底防守。

只要帝國軍同時從多個地點入侵，就算是紐倫貝爾格公爵也無計可施。

「這我也知道，但到底要怎麼突破魔法防護罩？」

「我有祕策！」

「祕策？」

「沒錯，祕策。」

彼得看起來莫名地充滿自信……

＊　＊　＊

「勇猛果敢的紐倫貝爾格公爵——終於也被逼到只能防守啦——」

「你這個人講話真的是很失禮。」

「這全都是事實。」

這裡是利用地下遺跡做成的地下要塞最深處。是除了我以外，任何人都不能進入的地下要塞核心區域。

話雖如此，這個房間裡其實沒什麼重要的東西。

只有放置大量的書本與資料，並坐了一個正在看至今使用的那些發掘品報告的魔族而已。

「改良型吸附魔法陣非常成功。」

裝在地下要塞內的吐息發射裝置、堅固的「魔法障壁」和能夠妨礙「移動」與「通訊」魔法的裝置，全都是透過這個魔族的魔力在維持。

這個房間的天花板和牆壁畫了能吸收魔力的魔法陣，從這個魔族身上吸收的魔力，將會被用來維持各個裝置。

多虧有這個魔族在，帝國軍那些人根本無法對我們出手。

雖然令人不悅，但只要擁有這股壓倒性的力量，我們應該能在這裡撐十年。

十年會改變很多事情。

我紐倫貝爾格公爵領地的領民們，應該不會那麼容易屈服於帝國。只要彼得在內政或外交上失敗，就有可能輪到我出場。

現在堅如磐石的赫爾穆特王國，也可能會發生混亂。

鮑麥斯特伯爵在這次的帝國內亂中，累積了遠勝其他人的戰果。

只要讓他回到王國，那個國家就有可能發生混亂。

那個總是泰然自若地擺出明君嘴臉的赫爾穆特三十七世與不起眼的王太子，可能會因為嫉妒鮑麥斯特伯爵而打算剷除他。

不過那個鮑麥斯特伯爵絕對不會乖乖就範。

即使他本人不希望混亂擴大，周圍的人還是可能為了保護他而與王國作對。

等事情變成那樣後，就算是鮑麥斯特伯爵也會做好造反的覺悟吧。

那個男人應該不想年紀輕輕就喪命。

沒錯，只要繼續防守下去，總有一天能等到機會。

「看來你似乎沉浸在思考狡猾的政治策略呢。」
「唉，像我這種小角色，如果不事先思考各種對策根本就活不下來。倒是你為什麼要幫助我？」
「因為吾輩在這裡還有很多東西和地點沒調查完。如果要認真調查，十年可能一下就過去了。」
並不是為了我，而是為了滿足自己身為考古學者的知識慾嗎？
又或者他打算將情報送回魔國，和大陸發展派聯手。雖然這個魔族目前沒有和外部聯絡的跡象，但他是個不容大意的對手。
「如果接下來什麼都沒發生，那你的確有可能據守好幾年，但依吾輩的愚見，敵人應該不會就此默不作聲吧。」
「他們一定會思考對策。」
堅固的「魔法障壁」，應該能爭取一些時間。
我必須趕緊趁這段期間，建立一個能夠長期維持士氣的體制，讓那些家臣、士兵和他們的家屬能繼續和我一起防守要塞。
「我之所以只讓經過嚴格挑選的人員和我一起防守，就是為了這個目的。所以目前的當務之急，就是替他們建設地下街。」
「若想長期據守，就要先創設日常生活啊。不過真虧他們願意和你一起進行這種魯莽的守城作戰呢。」
這個魔族真是多管閒事！你以為我費了多少心血才建立起這個軍團。

雖然這個魔族令人生氣，但非常有用。

我要徹底利用他，趁現在專心鞏固防守。

＊　＊　＊

「原來如此，用威力強大的魔砲擊破那個『魔法障壁』啊。」

「沒錯。為此，我們需要瑞穗上級伯爵和兼定先生的力量──彼得是這麼說的。」

「我只是個普通的刀匠。那位殿下真擅長利用鮑麥斯特伯爵，讓您幫忙做事呢。」

彼得向我展示的方案非常單純明快。

既然敵人的「魔法障壁」很堅固，那只要用威力更強的砲擊打破就行了。

他的靈感似乎是來自薇爾瑪狙擊虹之阿薩爾德時，所使用的大型狙擊魔槍。

這次作戰需要的瞄準精度沒那麼高，最困難的部分，在於製造即使用龐大的魔力發射砲彈，也不會壞掉的砲身。

如果是在其他幻想世界，需要這方面的金屬加工技術時可能就要找矮人，但這個世界沒有矮人，所以最合適的人選就是擁有技術力的瑞穗人。

「當然，光靠瑞穗的技術人員絕對不夠，所以帝國也會派技術人員來幫忙。你可以直接把他們當成手下使喚。」

彼得在承認瑞穗人技術力的同時，也為了能讓帝國能早日追上瑞穗人，派遣工匠和技術人員過去幫忙。大概是想趁幫忙的時候，多吸收一點瑞穗的技術吧。

「瑞穗上級伯爵，設計圖呢？」

「在這裡。」

瑞穗上級伯爵拿出一張設計圖給彼得看。

那張設計圖上，詳細地畫了一座相當巨大的魔砲。

「真的要做成這樣？」

「根據計算，如果不做這麼大，就無法打破那個『魔法障壁』。」

「用這麼大的大砲射出砲彈，砲身有可能會爆炸吧？」

「沒錯。以前對這個試作品做試驗時，也曾出現過死者。砲身因為無法承受發射時的衝擊破裂，導致有工匠因此犧牲。」

「威德林，真的沒問題嗎？」

「雖然想出了對策，但還是要實際試試看才知道。」

與其說是騎虎難下，不如說我實在不想留在這裡包圍紐倫貝爾格公爵領地好幾年。

就用改良後的大魔砲擊破魔法防護罩，用大軍一口氣攻陷地下要塞吧。

「唔哇，威德林真是可靠。如果我是女人，一定會招你入贅。」

「然後像本宮這樣逼迫他，給他添麻煩對吧。」

如果彼得是女性……光想就覺得討厭呢。那和想像導師是女性，是不同性質的討厭。

「總而言之，接下來要開始改良魔砲。」

因為獲得了彼得的許可，我開始和瑞穗上級伯爵合作，製造巨大魔砲。

「製造巨大魔砲，曾被認為是不可能的任務——用來填補砲身強度的金屬素材；能夠精確切削出筆直砲口的技術；製造巨大的特殊砲彈；開發能夠讓蘊含了足以發射砲彈的魔力的魔晶石，和大砲連結的周邊裝置。雖然男人們面臨了許多困難，但最後還是克服了所有的難題。」

「為什麼要刻意用這種語氣啊？」

因為我們立刻開始著手製造「大魔砲」，所以我忍不住模仿起前世小時候看過的《○越極限》的旁白，結果被不知道那個節目的艾爾嫌棄。

雖然我覺得這是值得上節目的困難挑戰。

「首先會遭遇的困難，就是加工充當砲身素材的金屬。」

兼定先生立刻提出第一個問題。

「要製造出堅固的金屬吧？」

「艾爾文大人，如果只需要堅固的金屬，那全部用奧利哈鋼打造就行了。」

「那也很困難吧。」

根據設計圖，大魔砲光是砲身的直徑就將近一公尺。

砲身也有約二十公尺長，實在不可能全用奧利哈鋼製作。

即使把全大陸的奧利哈鋼都收集起來，分量也不夠吧。

「那要怎麼辦？」

「製作合金。」

「合金？」

「製作高品質的鋼，再混入微量的祕銀和奧利哈鋼。」

瑞穗上級伯爵向艾爾說明製作高強度合金的方法。

「這部分，就要依靠兼定先生的經驗和知識了吧。」

「哎呀，雖然能得到艾爾文大人的誇獎，讓我覺得非常榮幸，但可惜我辦不到。」

兼定先生斷定自己在製作這種合金時幫不上忙。

「有幾個問題存在。首先，為了讓合金的強度均一化，鋼本身也必須具備均一化的強度，在混入祕銀和奧利哈鋼時，也不能讓材料出現偏差。」

如果只是一把刀倒還好，但這次要做的是巨大魔砲的砲身。

除了必須將這些材料均一地鎔鑄以外，還不能讓任何氣體跑進去。用一般的作法似乎無法做出那麼巨大的鎔鑄物。

「咦？那要怎麼辦？」

「如果是鮑麥斯特伯爵，應該做得出來。」

「有這個可能。」

艾爾看向我。

既然我能用魔法將收集的金屬做成高純度的鑄塊，那或許也能精密地調整合金的成分。

「因為是首次嘗試，所以得先練習才行……」

我拿出魔杖，開始將大量的鐵素材轉變成鋼。

如果想做出堅硬又具備延展性的鋼，的確必須加入少量的各種金屬，那可能是鎢，也可能是鉻或鎳。

除了鐵材以外，我們還準備了各種礦石，我利用「探測」，採取了微量需要的金屬元素。

因為是合金的素材，所以量不需要太多。

除此之外，我記得還有摻一些碳，但前世的日本鋼鐵生產商並沒有公開特殊鋼的混合比例。既然是企業機密，這也是理所當然，但這樣我就不曉得該用什麼樣的比例混合。

而且我之後還必須加入奧利哈鋼和祕銀。

地球不存在這兩種金屬，所以坦白講我根本不曉得該用什麼樣的比例混合。

「雖然很久以前的文獻姑且是有記載……」

瑞穗上級伯爵借我看的文獻，有一部分提到瑞穗人的祖先在古代魔法文明時代，是用什麼樣的比例製造比鋼更堅固的特殊合金。

「這是已經失傳的技術。而且不知為何，即使按照那個比例製作還是無法成功。」

這也是理所當然。

即使能利用特殊的熔爐重現，但用那種只比使用魔力燃料的反射爐要好一點的熔爐，一定會讓鐵混入其他雜質，這樣當然不可能成功。

必須均等地混合材料，也是妨礙成功的要素之一。

即使做出合金，只要有一點氣體跑進去，就會導致強度不足，變得無法使用。

「鮑麥斯特伯爵，沒問題嗎？」

「只能反覆嘗試。」

總之我盡可能用魔法去除鐵裡的雜質，在秤完重後決定與其他金屬混合的比例。

「不如說，我完全不曉得成功的標準在哪裡。」

彼得在把帝國擁有的貴重奧利哈鋼和祕銀帶來後，向瑞穗上級伯爵提出這個最基本的問題。

「根據文獻的記載，如果有按照規定的比例均等地混合鋼、奧利哈鋼和祕銀，就會瞬間發出藍白色的光芒。在這種狀態下製造出來的合金，被稱作『極限鋼』，不僅是一種多功能的材料，還能發揮出最高的性能。」

「既然有方法能鑑別是否成功，那我就放心了。畢竟每次失敗後，都要重新準備貴重的奧利哈鋼和祕銀啊。」

「不，只要有這些材料就夠了。」

如果是用熔爐製作，那確實是有可能失敗，但如果是用魔法煉製，即使失敗也能重新來過。

而且只要知道比例，就能透過鋼的重量推算出需要多少奧利哈鋼和祕銀。

最大的問題是，在古代魔法文明時代也很少有人知道鎢、碳、鉻和鎳等元素，所以文獻上並沒有提到做為材料的鋼裡，包含了多少這些元素。

「（這部分全都只能反覆嘗試了。）」

看來必須不斷地微調比例，試個幾千、幾萬次。

「這種複雜的合金配合試驗要做一整天啊。我絕對做不到。」

來觀察情況的卡特琳娜一聽完我的說明，馬上就放棄了。

她以前似乎也會收集鐵來換取現金，但品質不怎麼好，賣的價格自然也不高。

每個魔法師收集的鐵，品質都不太一樣。有些人的成品摻雜太多雜質，所以賣出去的價格只比鐵礦石好一點，但也有像師傅那樣能靠這個賺大錢的人。

關鍵在於能否以適合自己的想像方式，去除裡面的雜質。

我的情況，是盡可能想像出鐵的原子排列整齊的樣子，再將其他原子剔除。其他金屬也一樣，所以我製作的金屬鑄塊品質非常好。

看來前世那些本來以為只是為了考試念的書，還是能派上用場。

「雖然不太起眼，但威德林先生非常擅長這類型的魔法呢。」

「啊——哈哈！我以前可不是白白一個人在未開發地修行啊。」

「雖然那的確算是修行，但不怎麼令人羨慕呢。」

卡特琳娜會這麼想的理由很簡單。因為這會讓她回憶起以前和我一樣獨自修行的事情。

「布蘭塔克先生今天也在當老師嗎？」

「嗯。」

很少有比他擅長指導的魔法師。

因此彼得拜託他幫忙照顧大量的新手魔法師。

這場內亂，讓帝國損失了許多有一定水準的魔法師，為了補充人才，布蘭塔克先生平常在協助帝國軍之餘，還得指導一群下至七、八歲，上至十二、三歲的菜鳥魔法師。

「要是這裡面能出現第二個鮑麥斯特伯爵就好了！」

「導師，不可以對他們進行太亂來的修行喔！」

「為什麼？鮑麥斯特伯爵在這個年紀時……」

「伯爵大人是特例中的特例。」

最近變得空閒的導師，也加入了他們的指導，但布蘭塔克先生似乎有警告過他，不能用鍛鍊我的方式來鍛鍊他們。

「關於稀有金屬的混合比例，各組之間的差距是百分之一，我打算用大量的對照組進行地毯式搜索。」

「這種作法，也只有魔力量極大的威德林先生辦得到。」

大致上的組合和成形已經結束。

在瑞穗上級伯爵準備的特殊石臺上，放了一塊直徑一公尺、長二十公尺的砲身素材。

「為了避免氣體跑進去，我在逐步調整比例時，也不忘記想像將金屬平均分配的畫面……」

與其說是重複相同的作業，不如說看在旁人眼裡，我只是雙手拿著魔杖連續對砲身的素材施展魔法。這樣的作業會持續一整天，直到剩下的魔力不足以改變比例為止。傍晚用完大部分的魔力後，就只剩下睡覺而已。

「你還真有毅力。」

「這應該是最不適合我的工作。」

隔天早上，伊娜和露易絲幫艾莉絲跑腿送早餐過來，在砲身前面和我聊天。

「只要有那個意思，配合的比例可以有無限的組合。所以應該多少容許一點誤差。不然就算是古代魔法文明時代，應該也製造不出來。」

只要進入誤差範圍內，砲身就會瞬間發出藍白色的光芒。我以那個光芒為目標，耐心地持續用魔法調整成分。

「這該不會是受到之前戰鬥過的艾弗烈先生的影響吧？」

「多少有影響吧。」

師傅曾說過我對魔法的控制太隨便，雖然這個工作看起來非常不起眼，但重複使用這個魔法，也能練習改正自己的壞習慣。我明明擁有遠比師傅還多的魔力，卻陷入苦戰，這可以說是他留給我的課題。

「不過布蘭塔克先生也有說過，就算是像艾弗烈先生那樣的天才，在和現在的威爾同齡時也沒什麼大不了的。」

「布蘭塔克先生還說他也曾提醒過艾弗烈先生相同的事。」

雖然因為魔力強大而備受關注，但年輕的魔法師果然還是容易在魔法的控制上鬆懈。當時師傅還很年輕，所以布蘭塔克先生似乎也曾提醒過他相同的事。

「無論如何，如果不完成這個巨大魔砲，就無法入侵地下要塞。我只能持續挑戰下去。」

當務之急，就是先完成砲身的素材。

「威爾大人，便當。」

「謝謝妳。我聽說薇爾瑪負責發射和瞄準。」

「因為討伐虹之阿薩爾德的實績獲得了肯定。」

「這樣啊，加油喔。」

「嗯，我會加油。」

雖然相當於大砲的魔砲不需要精細的瞄準，但還是必須準備砲兵。

由於操縱大型的試作型狙擊魔槍的經驗獲得了肯定，這個任務後來交到了薇爾瑪手上。

「現在也開始製造砲架和發射裝置的周邊零件了。」

想實際運用這個大魔砲，需要許多周邊裝置。

支撐大砲的堅固砲架、瞄準器、發射裝置，以及能蓄積龐大魔力的魔晶石，魔晶石的部分因為來不及準備，所以只能將複數魔晶石連結在一起。赫爾穆特王國曾經想將這種技術利用在巨大魔導飛行船上，但最後失敗了，所以這部分執行起來應該也很困難。

除此之外，還需要高性能的冷卻裝置。

「威爾大人製作的砲彈，也開始進行打磨了。」

這個砲彈也是用鎢鋼製造，但我做出來的成品不僅表面凹凸不平，尺寸也有落差，所以正由許多工匠在細心打磨。

製造大魔砲的工程牽涉到非常多的人，所以不允許失敗。

「我聽說露易絲也有被徵召？」

「我負責協助提供魔力，所以也要替我加油喔。」

「露易絲也加油吧。」

「我會努力。」

露易絲在赫爾塔尼亞溪谷與巨岩魔像戰鬥時，曾經將比自己的魔力量高出好幾倍的魔力灌注在拳頭裡使出奧義。

在利用魔晶石供給魔力時，她將活用這項特技，從旁輔助。

「雖然訓練時要拿著奇怪的線，但其實不怎麼辛苦。」

露易絲先利用灌注了其他魔法師魔力的魔晶石，將拳頭裡的魔力提升到極限，再利用神祕的管線把魔力送進大魔砲。只要配合連結魔晶石的魔力，就能一口氣讓大量的魔力爆發，射出大口徑的特殊砲彈。

當然，用一般素材製成的魔砲砲身一定會因此破裂。所以必須依靠我製作的「極限鋼」。

「威爾大人也要加油。」

「加油吧。」

「喔，我會加油。」

在那之後的一個星期，我不斷微調配合的比例，但砲身一直沒有發出藍白色的光。

相較之下，砲架和周邊裝置都已經逐漸完成。

「親愛的，你還好吧？」

「畢竟是要重現失傳已久的古代技術，威德林也很辛苦吧。」

今天是艾莉絲和泰蕾絲帶著便當現身。

「艾莉絲，救護所那邊還好嗎？」

「是的。最近幾乎沒發生戰鬥，所以不怎麼忙碌。」

地下要塞被堅固的魔法障壁包覆，因此帝國軍只能在周圍包圍，不會發生戰鬥。雖然紐倫貝爾格公爵的支援者和密探偶爾會嘗試入侵，但頂多也只會進行小規模的逮捕行動。

「如果是這種程度，那靠帝國的魔法師就夠了。而且……」

「而且？」

「年輕的士兵們，似乎會因為想讓艾莉絲大人治療，而刻意製造擦傷或割傷。」

因為想讓聖女大人治療，所以刻意受傷到救護所排隊的士兵似乎增加了。

「又來啦？」

這麼說來，之前發生紛爭時也一樣……

「所以後來我被告知除非出現重傷者，否則不必過去救護所。」

「只要艾莉絲大人不在，傷患就會減少。」

應該沒有人會為了讓一本正經的男神官治療，而刻意受傷吧。明白這點的泰蕾絲，忍不住笑了出來。

「作為撫慰活動的一環，也有許多當地人會過來……」

帝國軍為了能順利對紐倫貝爾格公爵領地施行軍政，替當地居民提供了免費的健康診斷和治療服務。那邊有許多女性、小孩和老人家參加，所以艾莉絲想去那裡幫忙。

「艾莉絲大人，本宮能體會您的心情，但帝國教會也有他們的面子要顧。除非出現緊急情況，否則最好還是別過去幫忙。」

根據泰蕾絲的說明，新教徒派教會的總部是設在帝都，所以之前服從了紐倫貝爾格公爵很長一段期間。站在他們的立場，應該會想在彼得面前立功。畢竟和正教徒派關係匪淺的男爵大人現在已經成了彼得的得力家臣，這讓他們開始擔心起彼得政權之後會不會忽視理應是國教的新教徒派。

「艾莉絲大人也是正教徒派，所以除非他們真的忙不過來，否則還是少露面比較好。」

「說得也是。」

「唉，他們也不是笨蛋，應該不會因為無聊的自尊害死患者。如果真的需要艾莉絲大人幫忙，應該會過來求助吧。」

要是不小心讓患者死亡，反倒會讓新教徒派的名聲變差。所以泰蕾絲認為如果真的有需要，他們應該會過來求助。

「在那之前，或許導師就會先採取行動了。畢竟之前艾莉絲大人的事情已經讓他生氣過一次了。」

『居然對在下的外甥女抱持不純的感情！如果你們真的傷得那麼重，就由在下來治療吧！』

泰蕾絲接著說明那些年輕士兵為了讓艾莉絲治療而跑來的事情，激怒了導師，所以如果那裡需要協助，他應該會先過去吧。

「事情就是這樣，我們意外地清閒。威德林如果不快點完成大魔砲的素材，就無法撼動戰況。」

「因為只能依序組合素材嘗試，所以無論如何都會很花時間。這部分只能看運氣。」

「真是需要耐心的作業。為了讓你方便工作，本宮來餵你吃飯吧。來，啊——」

「再怎麼說，也不至於忙到沒時間吃飯啦。三個人一起吃吧。」

「親愛的，我馬上準備。」

那是在吃完午餐，準備進行第四萬五千五百六十七遍的嘗試時發生的事情。

用其中一種組合將稀有金屬均等地重新構築後，砲身素材瞬間發出藍白色的光芒。

「太好了！成功了！」

「親愛的，你成功了。」

「太好啦——！」

古代魔法文明時代失傳的合金終於完成，我高興地同時抱住兩人。

「這真是出乎意料……但感覺還不壞。」

被我抱住的泰蕾絲，看起來也不覺得討厭。

不過她果然是天生的大貴族。泰蕾絲立刻恢復嚴肅的表情，在我耳邊輕聲說道：

「這是用現在的熔爐無法煉製的失傳合金吧。雖然需要像威德林這種等級的魔法控制能力才能製作，但要是被人知道配方，或許會出現其他能夠製作的人。」

「泰蕾絲小姐？」

「畢竟接下來要受到各位的照顧，所以本宮只是對您的丈夫提出一些忠告。」

泰蕾絲輕聲對我說道：

「不要把那個合金的配方告訴彼得殿下和瑞穗上級伯爵。只要獨占製造這種合金的技術，或許將來你的後代子孫就不用擔心沒飯吃了。」

「但我必須感謝瑞穗上級伯爵借我看舊資料。」

「那只是連鋼的條件都沒寫清楚的資料吧。不然威德林也不必反覆試上好幾天了。不需要告訴他鋼裡摻雜了哪些金屬，只要回答『一切都如同資料，非常感謝』就行了。平常要盡可能表現得彬彬有禮。畢竟威德林可是個大貴族。」

泰蕾絲的忠告，非常符合大貴族的作法。

「而且現在也不是道謝的時候。」

「極限鋼」的調配比例確實非常複雜。

關於奧利哈鋼和祕銀的部分，只要按照資料摻進去就沒問題了。

不過鋼的部分，混合了鉻、鎳、矽、鎢和碳。

因為資料上沒記載調配的比例，所以我才得實驗好幾天。

「威德林，成功了嗎？」

「終於做出古代魔法文明時代的萬能金屬『極限鋼』了嗎！」

一聽說我成功調配出「極限鋼」，彼得和瑞穗上級伯爵就飛也似的趕了過來。

「那麼『極限鋼』的詳細配方呢？果然是加了什麼我們不知道的金屬嗎？」

「鮑麥斯特伯爵，您願意接受我用五千萬兩跟您買那個配方嗎？」

雖然強度比純奧利哈鋼和純祕銀還低，但是他們都想知道能用在武器上的「極限鋼」的製造方法。

「威德林，你願意賣嗎？」

「畢竟是我這邊先提供了奧利哈鋼和祕銀比例的資料，所以還是希望您能告訴我配方。」

一切都和泰蕾絲預料的一樣。只要有「極限鋼」的強度，那不只是高性能的魔槍和魔砲，甚至還能輕鬆強化過去的武器和防具，所以很多人想要。

「這是機密。」

「威德林，你對紐倫貝爾格公爵領地有興趣嗎？」

「沒有。我不需要那麼遠的土地。」

「關於通商的事情，我願意通融喔。不如把我的孫女介紹給您吧？」

「我不缺那種對象……」

兩人的魄力實在太強，讓我慶幸自己有事先得到泰蕾絲的忠告。不然我一定會被逼到忍不住答應。

「等成功完成並使用過大魔砲後，我們再來交涉吧。」

「鮑麥斯特伯爵，我會再帶大量高級食材過來。」

目送一臉不願死心的兩人離開後，泰蕾絲露出若有深意般的笑容對我說：

「皇族和大貴族還真是辛苦呢。幸好本宮已經退休了。」

我也覺得貴族真的是很麻煩的生物。

「既然砲身素材已經完成，那麼就輪到我來雕刻砲口了。」

總而言之，我們順利地完成了砲身的素材「極限鋼」。

兼定先生幹勁十足地表示再來就只剩下雕刻砲口。他換上新的工作服，讓兩名弟子拿著放了鹽和供品、名叫三方的木臺站在他後面。

「這個砲身的素材只是一座的分量。雖然就算失敗也能重做，但如果一開始就抱著這種想法，會很難成功。所以我打算當成只剩下這份素材來進行。」

兼定吩咐弟子獻上三方上的供品後，就開始尋找砲身的中心點。這部分只要一失敗，切削砲身的作業也會跟著失敗。

由於沒有工程機械，因此只能依靠兼定先生的經驗與直覺。他抱持如果失敗就切腹的決心，開始尋找砲身的中心部位。

連我這邊都能感受到他的緊張。

「是這裡吧。」

兼定先生在中心點上做記號，從站在後面的弟子那裡接過大型鑿刀和鐵鎚，開始以從他的身材實在難以想像的力量和速度進行切削。

「咦！是用手削嗎？」

雖然我不認為會有工程機械，但至少應該也會用魔法道具，結果居然是用手和鑿刀來削……而且兼定先生的本業應該是刀匠才對。

「那個砲身明明是『極限鋼』。」

儘管比不上奧利哈鋼，但那個素材應該還是遠比一般的鋼要硬。

就在我納悶為何能用鑿刀削時……我發現那把鑿刀居然是用奧利哈鋼做的。

「雖然有切削魔砲砲口的工程用魔法道具，但強度不足以用在『極限鋼』上……」

其中一名在旁邊輔助的弟子，悄聲向我說明。

「不過也只有師傅有辦法用手削。」

兼定先生不只是名刀匠，還是金屬成形的名人。

既然只靠一把鑿刀就能削這個大砲身，可見他真的是非常厲害。

「大概要花多久的時間？」

「這個嘛，師傅預定要花兩個星期。」

年輕弟子回答艾莉絲的問題。

「兼定先生看起來好辛苦。」

明明只要有一刀削錯就會前功盡棄，兼定先生仍全神貫注地持續揮舞鑿刀和鐵鎚。大致完工的地方，就由另一名弟子利用以「極限鋼」製成的鑿刀，來美化加工面。即使現在已經是冬天，三人依然汗如雨下，必須偶爾舔一下鹽和喝水。

「看起來真辛苦。」

來觀察情況的導師，看著兼定先生說道。不過他今天沒有排班，所以雙手都拿著酒瓶。其中一瓶是給兼定先生的慰勞品。

「畢竟只能手工作業。」

布蘭塔克先生也跟著現身，但他的雙手果然也都拿著酒瓶。

「因為瞄準器不用做得太精密，所以進展得很順利。冷卻裝置也只要將薇爾瑪姑娘使用的大型狙擊魔槍上的裝置拿去改良就行了。最大的問題，是要如何連結魔晶石。」

帝國擁有的大型魔晶石，大部分都被紐倫貝爾格公爵帶進地下要塞了。包含堅固的「魔法障壁」在內，紐倫貝爾格公爵很可能就是利用那些魔晶石在維持地下要塞，為了攻陷要塞，彼得將能收集的魔晶石都收集過來了。

先將那些魔晶石的魔力都灌滿，再全部連結起來，一口氣把砲彈發射出去。

「跟王國的敗因一樣，目前正在煩惱要怎麼處理連結部位的過熱問題，不過這部分似乎勉強能在期限內解決。」

「負責輔助的露易絲呢？」

「因為露易絲姑娘的狀況很好，所以那方面非常順利。」

露易絲能夠將比自己強上數倍的魔力聚集在拳頭裡擊出，她利用這樣的技巧，將儲存在拳頭裡的魔力送進管線當成輔助動力。技術上來說，只有製作能傳導魔力的導線比較辛苦，因此直到正式上場前，露易絲本人都沒什麼事要忙。

「明明原理很簡單，做起來卻很辛苦。」

雖然砲身是「極限鋼」製，但砲彈是前裝式，不需要削膛線。

儘管新式魔砲和魔槍都有削膛線，但根據計算，就算不削威力也夠，所以就先省略這道工程。

之所以選擇技術上比較老舊的前裝式，也是為了迴避後裝式如果強度不夠、砲身就會爆炸的風險。這次是以確實性為重。

「威爾，吃午餐了。」

「我知道了。」

就在兼定先生暫停作業，開始吃飯糰時，伊娜也來找我一起吃午餐。

「雖然沒做什麼特別的事，但補充魔力還是讓人覺得好累。」

大家一起吃午餐時，負責替大魔砲使用的大量魔晶石補充魔力的卡特琳娜，像是覺得有點無聊般說道。因為她除了補充魔力以外，就沒有其他事情能做。

「畢竟補充的時候既不能動，也不能使用魔法呢。」

「就是啊。」

我一開始還認為「大砲是男人的浪漫」，但仔細想想，浪漫的成本實在是太高了。我們這些魔法師忙著進行無聊的魔力補充作業。像卡特琳娜這種對浪漫沒興趣的女性，應該覺得更無聊吧。

「其他人也覺得無聊嗎？」

「畢竟基本上都在待命。」

即使如此，艾莉絲和伊娜似乎還是有幫忙處理文件工作。王國軍也是軍隊，所以自然也有文書工作要處理。她們平常會協助負責這類工作的克里斯多夫。

「那個艾爾文先生，居然會乖乖處理文書工作呢。」

「這樣啊。」

「是叫遙小姐吧，艾爾文先生好像是在幫忙她……」

「卡特琳娜，這部分就只能把眼光放遠一點了。」

雖然前世時也是如此，但文書工作真的很麻煩。要是隨便看看就蓋章，之後可能會造成大問題。

「威爾，我肚子餓了。」

「兼定先生似乎進展得很順利呢。」

說曹操曹操到，文書工作告一段落的艾爾和遙也過來吃午餐了。

「我最近好不容易稍微習慣文書工作了，雖然眼睛還是會覺得很疲憊。」

「是啊，肩膀也會痠痛。」

其實遙的胸部還挺有分量的，所以肩膀才容易痠痛吧。話說艾爾，你別一聽見肩膀痠痛這幾個字，就瞄向遙的胸部啦。

「話說回來，我們是要用大魔砲破壞『魔法障壁』吧？」

「是這樣沒錯。」

「就算真的能成功破壞，難道那個『魔法障壁』不會立刻恢復嗎？」

「其實我也有想過這個問題。」

我還以為艾爾想問什麼，沒想到他提出了個好問題。遙似乎也對艾爾感到佩服。

「那種強度的『魔法障壁』只要一被打破，就需要龐大的魔力才能重新設置。」

而且我們進行的準備，足以讓大魔砲連續發射。

發射大魔砲破壞「魔法障壁」後，如果紐倫貝爾格公爵重新展開「魔法障壁」，就再破壞一次。只要反覆讓對方消耗大量魔力，遲早會變得無法再繼續展開「魔法障壁」。

「而且如果被那種質量和強度的砲彈命中，地下要塞一定也會跟著產生損害。」

等再也無法張開「魔法障壁」時，山坡和底下的地下要塞設施應該也被打爛了。

按照作戰計畫，砲擊應該也會對裡面的人造成許多死傷，這樣之後就可以讓全軍趁機入侵。

「到時候，我們也要一起衝進去。」

「沒問題嗎？」

「這是彼得的委託。」

如果紐倫貝爾格公爵還有設其他陷阱，能夠在不造成犧牲的情況下破解那些陷阱的，就只有我們這個包含許多魔法師的團體了。所以彼得駁回貴族們只靠帝國軍攻陷地下要塞的意見，命令我們也一起入侵地下要塞。彼得應該是想確實獲勝吧。

「不過還真是突然呢。」

「因為那個女孩來了。」

「那個女孩……我記得是叫速攻還是旋風什麼的？」

「艾爾先生，是疾風的優法啦。」

「沒錯，就是她！」

因為我們待在位於帝國南部的紐倫貝爾格公爵領地，所以疾風的優法來的頻率也增加了。由於內亂即將終結，因此王國的大人物們也提出了各種要求。

內容是「務必徹底破壞之前那個裝置，並讓鮑麥斯特伯爵把裝置帶回來」。

那個裝置為王國北部帶來了很多麻煩，所以王國不希望裝置後來落入帝國手中吧。

因為他們擔心帝國修理好後，會再次使用。

「我比較希望最後能旁觀就好。」

「既然是命令，那也沒辦法。」

雖然遙和武臣先生什麼也沒說，但瑞穗伯國或許也想取得那個裝置。

必須趕緊抵達地下要塞的中心部嗎？

「彼得殿下應該也想要吧。因為能當成王牌。」

泰蕾絲斷定彼得絕對也盯上了那個裝置。

「戰場的戰利品是先搶先贏。本宮果然注定要和馬克斯見上一面嗎？」

「泰蕾絲大人曾說過自己必須從一開始見證到最後吧？」

「這麼說也不能算是完全對，重點是本宮想見證內亂結束，如果不親眼確認馬克斯的死，那就沒意義了。」

這麼說也對。如果泰蕾絲堅持要親自和紐倫貝爾格公爵一決勝負，那我也困擾。

果然我們最後還是不得不參加戰鬥，於是我們開始為即將來臨的戰鬥進行準備。

第十一話 野心的終結

「大魔砲終於完成了！立刻開始執行作戰吧。」

有許多人參與製作的巨大決戰兵器「大魔砲」，最後花了約一個月的時間才完成。

再來只剩下用這個破壞魔法防護罩，讓全軍一口氣鎮壓地下要塞了。

帝國的內亂終於要結束了。

大魔砲的砲身直徑一公尺，長二十公尺，在設計上還包含了支撐用的砲架、瞄準器、冷卻裝置、儲存魔力的魔晶石連結裝置，以及負責輸送輔助動力的露易絲。

「居然要用累積在我拳頭上的魔力當成輔助動力，這設計也未免太隨便了吧？」

「只要能發射就行了吧。」

「是這樣沒錯啦。」

露易絲接受了彼得的說法。或許這兩個人的性格其實很像。

「薇爾瑪，沒問題吧？」

「已經試驗過好幾次了，所以沒問題。這和狙擊魔槍的瞄準器差不多，只是大了一點。」

「聽說也不必瞄得像狙擊魔槍那麼準？」

「基本上只要能打中這裡就好。」

透過設置在大魔砲上的瞄準器能看見山坡，薇爾瑪將那裡的詳細圖表遞給我看。

「之前提到的吐息發射裝置，就是設置在打紅色記號的地方。」

看來彼得這一個月也不是都在玩。

他在破壞「魔法障壁」的同時，也調查了能為地下要塞的設備造成嚴重損害的地點。

「這點程度的瞄準，對薇爾瑪來說應該不算什麼吧。」

「只要不大意就沒問題。而且之前試射時，已經調整過瞄準器的誤差了。」

「這樣啊，加油吧。」

我一摸薇爾瑪的頭，她就露出開心的表情。

「威爾，那我呢？」

「咦？妳之前不是說過『我是個成熟的女人，就算被摸頭也不會覺得高興』嗎？」

「我有說過那種話嗎？總之不公平不是件好事。」

我無奈地摸了一下露易絲的頭，她看起來也非常高興。

「艾梅拉？」

「什麼事？」

「妳看。」

「看什麼？」

「沒事……」

彼得本來也想學我摸艾梅拉的頭，但她當然不可能答應。被冷淡拒絕的彼得悽慘地敗北。雖然我不認為艾梅拉會因為被彼得摸頭而感到高興……

「那麼，就發射吧。」

儘管口氣有點隨便，但彼得終於對艾梅拉下達作戰開始的信號。她一命令旁邊的魔法師，後者就朝上空發射火魔法。作戰總算要開始了。

「薇爾瑪，華麗地給敵人一擊吧！」

「了解，華麗地上吧。」

話雖如此，薇爾瑪也只是瞄準目標並拉下發射桿，這動作本身不怎麼華麗。

「開始從魔晶石連結裝置供給魔力。現在，填充率百分之五十七。」

辛辛苦苦才做出來的魔晶石連結裝置，似乎順利啟動了。不過果然還是會產生高溫，就連這裡都感覺得到熱氣，或許無法長時間使用。

「填充率百分之一百零五。」

「我也要開始供給魔力囉。」

接著露易絲也將聚集在拳頭裡的魔力導入纜線，送進大魔砲。

雖然只是輔助動力來源，但如果想讓還只是試作品的大魔砲能夠確實發揮威力，就少不了她的力量。

「確認魔力已經裝填。開始瞄準，往上修正兩度，往右修正三度。瞄準完成。發射。」

薇爾瑪以平淡的聲音完成所有確認工作後，立刻拉下發射桿。

大魔砲周圍像是突然發生大地震般開始搖晃。

在聲音方面，大魔砲發出的聲響只比魔槍稍微大一點。

因為沒有使用火藥，所以還不至於震破鼓膜。

大魔砲的設計非常原始，發射的能量也全都會朝前方放出。

因此我們並沒有受到衝擊，但為了抑制異常加熱，冷卻裝置開始噴出大量的水蒸氣。

我用「魔法障壁」替自己和薇爾瑪擋住水蒸氣。

「好誇張的水蒸氣。」

「跟之前一樣。」

「妳那個看起來很方便呢。」

「不過也只有這種時候派得上用場。如果穿著這個行動，馬上就會全身是汗。」

薇爾瑪和之前使用試做用的大型狙擊魔槍時一樣，換上了表面包覆一層祕銀的大衣。

雖然露易絲很羨慕，但感覺狩獵魔物時非常不方便……

「打中了嗎？」

「好像打中了。」

被露易絲這麼一問，我趕緊用望遠鏡確認，發現山坡上有個地方被開了個大洞。

大魔砲的砲彈擊破了魔法防護罩，直接命中並貫穿山坡，在地下要塞內肆虐，破壞了許多設備。

雖然是既沒有引信也不會爆炸、單純以鎢鋼製成的橡實狀砲彈，但那個質量在經過大量魔力加速後，應該會產生相當大的威力。

「威力真強。薇爾瑪，能射幾發就射幾發吧。」

「我知道了。」

薇爾瑪開始確認地圖，重新瞄準。

山坡的地圖上，有記載要依序瞄準哪些地方。

這是彼得命令部下在這一個月裡調查的成果。

「準備裝填下一發砲彈！」

「咦？導師負責裝填砲彈嗎？」

先由我做出大概的形狀，再交給工匠們打磨的鎢鋼砲彈非常沉重。本來是預定由幾名能夠強化身體能力的魔法師負責裝填砲彈，但不知為何變成由導師一個人裝填。

「派好幾名魔法師搬運砲彈，實在太沒效率了！」

「雖然我很感謝，但真虧你有辦法一個人搬呢。」

「對在下來說，這還算輕了。」

導師迅速裝填好砲彈，讓薇爾瑪接連發射大魔砲。

那些砲彈不可能落空。
即使位置多少有點偏差，只要打進山坡裡，就能確實為地下要塞帶來損害。
「瞄準器有誤差。往下修正一度，往左修正一度。發射。」
我總共做了二十五顆砲彈，做完後就把材料用完了。
雖然也能使用其他材料，但等發射完後，儲存在魔晶石裡的魔力應該也用光了。
像那種巨型砲彈，只要能擊出二十五發，對方就得不斷耗費大量魔力恢復「魔法障壁」。
山坡上開了幾個顯眼的大洞。
那些洞底下的地下要塞內部，應該都已經被砲彈打爛了。
「全彈命中。吐息發射裝置應該也壞得差不多了。」
「薇爾瑪真厲害。」
我一稱讚剛完成任務的薇爾瑪，帝國軍就開始行動了。
擔任先鋒部隊的帝國軍精銳，開始入侵開滿洞的山坡。
因為大魔砲的砲擊，已經讓反叛軍再也無法維持「魔法障壁」。
「這樣接下來，大家或許會以爭奪功名為優先。」
「不過還是不能大意吧。」
艾爾對伊娜提出反駁。
實際上，先遣部隊一靠近山坡，還在運作的吐息發射裝置就開始發動攻擊。

然而……

「因為有艾梅拉小姐在，所以沒用吧。」

彼得也不會再犯相同的錯誤。

站在前頭的艾梅拉，擋下了所有的吐息，其他魔法師則是用魔法攻擊發射地點，不斷破壞那些裝置。

「伯爵大人，我們也過去吧。」

「說得也是。走吧。」

「要衝進去了！」

「可不能遲到啊！」

在帝國軍的先遣隊開始入侵地下要塞時，我們也在同一時間入侵那裡。

雖然我們只帶了約一千名由艾爾和遙指揮的部隊，但入侵的地點是地下要塞，所以帶太多士兵只會增加指揮的困難度。

「艾爾文，別太緊張，稍微放鬆一點。」

「我和哥哥會與瑞穗伯國軍一起行動。」

如果大家一起行動，反而會拖慢速度，所以菲利浦和克里斯多夫預定將率領剩下的士兵，和瑞穗伯國軍一起行動。

「開始入侵！」

我們將已經沒有砲彈的大魔砲交給瑞穗工匠處理，前往地下要塞的最深處。

「威爾的目標，該不會是紐倫貝爾格公爵的首級吧？」

露易絲突然問了個奇怪的問題。

「我才不需要他的首級，讓想要的人自己去搶吧。」

事到如今，就算搶下那種東西立下戰功也沒意義，那樣只會招來帝國貴族的嫉妒。比起那個，當務之急應該是破壞那個裝置。

「反正競爭率那麼高，也不好出手。」

「的確，就算是一介士兵，也可能因此成為貴族吧？」

「是的。雖然是名譽貴族，但能獲得子爵的爵位。這在戰場上是常有的事。艾爾先生，我們就踏實地前進吧。」

「遙小姐，我忙著保護威爾，所以不會太勉強自己。」

艾爾、伊娜和遙，似乎想起了彼得剛才用來激勵帝國軍將士的那段話。因為已經有許多貴族沒落，所以就算頒發爵位給取得紐倫貝爾格公爵首級的人，對彼得來說也不痛不癢。

「這座地下基地的規模真大呢。」

我們看向山坡上的洞，發現地下要塞的走道已經露了出來。

看起來不像是發生內亂後才開始施工，所以果然是利用了地下遺跡。

「走道真寬。」

會使用魔鬥流的露易絲，走在前方搜索敵人的氣息，寬廣的地下遺跡讓她忍不住發出驚嘆。

「這裡原本應該是軍事基地吧。」

布蘭塔克先生的推論應該是正確的。如果紐倫貝爾格公爵之前使用的魔法道具都是來自這裡，那一切就說得通了。

「導師，你覺得那個裝置會在哪裡？」

「正常來講，應該是在最深處吧。」

移動期間，我們多次目擊入侵地下要塞的帝國軍和負責防衛的紐倫貝爾格公爵家諸侯軍戰鬥，而且也不時聽見武器碰撞的聲音。

「是敵軍！」

「抱歉，我們沒什麼時間。」

我發動「區域震撼」麻痺所有衝向我們的敵軍，讓他們變得動彈不得。

「不用給他們致命一擊！繼續前進吧！」

因為時間寶貴，所以我們並不執著於殺害敵人，艾爾也嚴格禁止士兵攻擊麻痺的敵人。我們麻痺了大量的敵軍，持續在地下要塞中前進。

等抵達深處後，我們已經看不見同伴的身影，也聽不見戰鬥的聲音。

「真安靜。」

「這樣反而可疑。」

露易絲的預感靈驗了，繼續往下走後，我們發現走道上設置了許多自爆型魔像和吐息發射裝置。

「我們已經知道怎麼應付了。」

雖然普通士兵可能會覺得很棘手，但對魔法師來說，它們並不是那麼難應付的對手。

自爆型魔像只要受到一定程度的衝擊就會爆炸。

「鮑麥斯特伯爵，這裡有材料！」

導師毆打地下遺跡的牆壁，做出大量岩塊，我把那些當成「小石子」，扔向企圖攻擊我們的自爆型魔像。

接著自爆型魔像發生爆炸，而我們只要用「魔法障壁」擋下飛過來的碎片就結束了。

「伊娜，薇爾瑪。」

「交給我吧。」

「發射！」

吐息發射裝置也一樣，由於只設置了會發射吐息的部分，因此裝置本身無法移動。

伊娜從遠處投擲長槍，薇爾瑪進行狙擊，然後我再用「強化」增強她們的攻擊，輕易破壞了那些裝置。

因為那些裝置只有發射吐息的機能，所以不像龍魔像那麼堅固。

「不過想抵達深處還真是困難。」

雖然我們的目標只有之前的裝置，但還是難以抵達深處。

彼得他們必須徹底搜索地下要塞，所以應該還在很上面的樓層苦戰。

我們途中經過明顯是給士兵與其家人居住的住宅區，發現那裡還沒完工。

因為沒時間探索，我們無視那個區塊，繼續往下前進。

「到處都是機關！看來紐倫貝爾格公爵不怎麼信任別人呢！」

從某個樓層開始，就只剩下自爆型魔像和吐息發射裝置。

我們邊破壞那些裝置邊前進，最後抵達某扇巨大的門，門前面設置了大量吐息發射裝置。我本來打算從遠方用魔法破壞，沒想到導師對自己展開「魔法障壁」，直接衝過去用拳腳破壞了那些裝置。

雖然導師在接近時被各種屬性的吐息擊中，但那些攻擊全被他的「魔法障壁」彈開了。

「一擊全滅！一個一個破壞實在太麻煩了！」

大門面前，只剩下一堆吐息發射裝置的殘骸。

「那麼，這裡就是最深處的房間了吧！」

導師獨自開啟了大門，只見紐倫貝爾格公爵和一名穿著白色燕尾服的奇特中年男子就在那扇門的後面。

「看起來……不像是紐倫貝爾格公爵的重臣？」

「伯爵大人，你看那傢伙的耳朵。」

我按照布蘭塔克先生的指示，看向那個中年男子的耳朵，發現他的耳朵又尖又長。

不過他看起來實在不像精靈。而且在這個世界，精靈和矮人也只是想像出來的種族。

實際上並不存在。

「魔族……」

布蘭塔克先生簡潔地說出了正確答案。外表和人類差不多，特徵是擁有尖耳。雖然在古代魔法文明崩壞後，就再也沒人目擊過，但被認為確實存在的魔族。

沒想到那個魔族，居然在協助紐倫貝爾格公爵。

「這樣一切就說得通了！不論是神祕的妨礙裝置，還是眾多古代魔法文明時代的遺產，原來都是透過魔族的幫助取得的！」

導師難得對紐倫貝爾格公爵表現出極度憤怒的態度。

因為這樣事情就不只是紐倫貝爾格公爵的反叛那麼簡單了。

這表示主張要稱霸大陸的紐倫貝爾格公爵，其實在背後接受魔國的援助。

在最壞的情況下，或許會有人懷疑這是魔族分化人類的策略，紐倫貝爾格公爵也是刻意為帝國帶來損傷。

「這樣有什麼不妥嗎？」

「你這傢伙！」

「不管利用了什麼，只要最後能贏就好。只要贏了，就能將所有的作為都正當化。這不就是這世界的真理嗎？」

「什麼！」

紐倫貝爾格公爵的反駁，讓導師啞口無言。

「不過鮑麥斯特伯爵，你還真是膽大妄為呢。」

「……」

事到如今，也不用再說明我做過哪些事情了。

因為我一直在妨礙紐倫貝爾格公爵。

「我只是為了自己的利益行動。反正只要最後獲勝，就是正義的鮑麥斯特伯爵擊敗了邪惡的紐倫貝爾格公爵，讓世界恢復和平，迎接可喜可賀的結局，不是嗎？」

「你這年輕人還真敢說呢。居然接連破解我的策略。」

現在敵我雙方，約有超過二十萬人在這座地下要塞內展開死鬥。

即使紐倫貝爾格公爵家諸侯軍都是精銳，他們也已經因為大魔砲的砲擊陷入混亂，難以排除趁機入侵的大批帝國軍。

「結果對我來說，鮑麥斯特伯爵就是我的罩門嗎？雖然可惜，但我只好殺了你。」

「你還真是傲慢。我可不記得自己有當過你的家臣，也沒義務要被你殺死！」

泰蕾絲曾說過他是個劍術高手，但我只要用魔法打倒他就行了。

我開始準備用「火炎」魔法攻擊他，但在魔法完成之前，火炎就徹底消失了。

「被取消掉了？」

「正確答案。吾輩是魔族，擅長的魔法系統是『暗』。『暗』的強大之處，就是具備其他系統魔法沒有的特殊性。」

那位語氣和導師很像的魔族，似乎用暗魔法瞬間取消了我的魔法。

「居然連這種魔法都會用。」

「唔唔！」

「艾爾！」

接著艾爾的身體突然被黑霧包圍，等黑霧散去時，連眼白的部分都變成黑色的艾爾換個人似的砍向泰蕾絲。

伊娜急忙介入，用槍柄擋住艾爾的劍。

「艾爾！」

「艾爾先生！振作一點！」

「唔嘎——！」

遙也拔出魔刀，邊協助伊娜邊出聲呼喚艾爾，但艾爾沒有回答兩人，繼續發出意義不明的吼叫，發狂似的揮劍。

他彷彿遺忘了所有學過的劍術，變得像個狂戰士。

「你操縱了他的內心嗎？」

「到底是怎麼樣呢？只是看來那位少年，似乎將鮑麥斯特伯爵你們看成了敵人。」

「真是棘手的魔法……」

如果被敵人用這個魔法操縱太多同伴，在最壞的情況下，我們或許會因為自相殘殺而全滅。

所有人都陷入緊張，但艾莉絲排除了這個危險性。

我們周圍浮現藍白色的光芒，在光芒消失的同時，艾爾也跟著恢復原狀。

「咦？我怎麼了？」

「艾爾先生，你剛才被那個魔族操縱了。」

「喔喔！是與『暗』成對的『聖』魔法使用者啊！這實力真是令吾輩感動不已！」

看來在性質上，聖魔法似乎能夠抵銷暗魔法。

不過似乎需要超過一定水準的力量，所以魔族才會對艾莉絲的實力感到驚訝。

「魔族，看來你的王牌『暗』魔法似乎沒用。還是乖乖和紐倫貝爾格公爵一起放棄，交出自己的人頭吧。」

「突然就要別人交出自己的頭啊，人類真是野蠻的種族。」

「你這傢伙……在看過帝國的慘狀後，難道還以為自己有機會活命嗎？」

紐倫貝爾格公爵說得沒錯，不論是從帝國人的感情方面，還是法律方面來看，他們都只有死路一條。即使在這裡被活捉，也只會遭受讓人痛不欲生的拷問，在最後被殘忍地殺掉。既然如此，立刻在這裡殺了他們，才是最起碼的慈悲。

「鮑麥斯特伯爵真是溫柔呢。」

「不對。只是因為如果想活捉你這種擁有強大魔力的人，會造成太多犧牲而已。身為王國貴族，我是很想從你身上多問一點情報出來，但這樣就太貪心了。你就以大量虐殺共犯的身分，和紐倫貝爾格公爵一起死吧。」

「吾輩作為一個考古學者，只是單純對遺跡的物品有興趣而已。」

「你以為這種藉口會管用嗎？」

「吾輩也猜到你們會這麼說。既然如此，就只能和照顧過吾輩的紐倫貝爾格公爵一起並肩作戰了。這樣或許還有機會取勝。」

說完後，魔族從燕尾服的內側口袋裡拿出某個四方形的盒子。

仔細一看，那似乎是某種遙控器。

「這座地下遺跡，在古代魔法文明時代是國軍的武器製造工廠兼試作品的組裝場。其中包含了一個特別的祕密武器。出來吧！『大人型機關魔人君』」

魔族一按下遙控器，紐倫貝爾格公爵和魔族後方的牆壁就開始倒塌，從裡面出現一個身高約二十公尺的巨大人型魔像。

「怎麼又是魔像啊。」

「魔像最大的缺點，就是用途太過侷限，但這座魔像能夠解決這個缺點。」

在魔族說明的期間，我、卡特琳娜、導師和布蘭塔克先生毫不留情地對兩人發射魔法，但全都被放棄使用暗魔法的魔族用「魔法障壁」彈開。

「伯爵大人！那個魔族！」

「嗯。他的魔力量比我還多。」

雖然我至今未見過魔力量比我多的魔法師，但真不愧是魔族，居然擁有如此驚人的魔力量。

「只要由吾輩提供魔力，並讓紐倫貝爾格公爵操縱，這座大人型機關魔人君就能發揮極大的力量。」

「等殺了你們後，就來驅逐其他帝國軍吧。」

魔族抱著紐倫貝爾格公爵，用「飛翔」飛進魔像敞開的胸部內。

原來那裡是駕駛艙啊。

「原來那個魔族，身上帶著師傅之前使用的『消除器』啊……」

明明我們還是一樣不能飛，那個魔族卻能使用「飛翔」。

這也對我們非常不利。

「好了，你們就為大人型機關魔人君的強悍感到絕望吧。」

進入巨大魔像內後，紐倫貝爾格公爵的聲音聽起來就像廣播。

看來是將駕駛艙裡的聲音擴大，再播放到外面。

這裡明明是有魔法的西洋風格幻想世界，為什麼只有這部分像機器人動畫？不過大概也只有我會這麼想吧。

「先來試試看武器吧。」

獲得新玩具後，紐倫貝爾格公爵似乎很開心。

站在我們面前的巨大魔像，往前伸出雙手。
接著它雙手手肘以下的部位，像火箭般飛向我們。
簡直就像是小時候看的機器人動畫裡的火箭飛拳。
「手臂飛出去了！」
「是使用『飛翔』的魔法道具嗎？」
艾爾和遙都很吃驚，但看來已經來不及閃躲了。
我和導師展開堅固的「魔法障壁」，一人擋下一發火箭飛拳。
「好強的威力……」
「還沒停下來嗎！」
即使用「魔法障壁」擋住，火箭飛拳還是沒有停下，繼續前進想要擊垮我們。我和導師逐漸被往後推，但再進一步強化「魔法障壁」後，總算勉強維持勢均力敵的狀態。
過了十幾秒後，火箭飛拳回到魔像的手上。
「真是危險的武器。」
「是啊。」
布蘭塔克先生也對火箭飛拳的威力產生了警戒。
我和導師只能防止「魔法障壁」被貫穿，但火箭飛拳本身毫髮無傷，還能繼續使用好幾次。如果不想辦法應付，等我們魔力用盡後，就會被火箭飛拳打成肉醬。

「鮑麥斯特伯爵，你覺得古代魔法文明時代的超兵器威力如何啊？」

巨大魔像發出的紐倫貝爾格公爵的聲音，聽起來充滿自信。

他似乎確信之後一定能打倒我們。

「鮑麥斯特伯爵，你連話都說不出來了嗎？」

「我只想說一件事。軍事天才在依靠魔法道具時，就已經沒救了。」

「真是個嘴硬的傢伙。喔喔！對了！泰蕾絲，妳也在啊！」

紐倫貝爾格公爵像是突然回想起來般，向與我們同行的泰蕾絲搭話。

「我聽說妳被強制拉下了菲利浦公爵的寶座，這真不像妳會犯下的失態。」

「這不算什麼失態。本宮對現在的狀況非常滿足。本宮和你選擇的道路原本就不同，你別放在心上，趕緊去死吧。」

「即使退休了，泰蕾絲還是很可怕呢。」

紐倫貝爾格公爵以開玩笑般的語氣對泰蕾絲說道。

「你該不會以為向本宮求饒會有用吧。」

「怎麼可能。只是到頭來，我和泰蕾絲還是注定必須拚個你死我活。」

「那麼會死的人是你。因為本宮還很年輕呢。」

泰蕾絲邊說邊將手放在我的肩膀上。

「……原來如此。好吧。那麼妳就作為一個女人死去吧。我是個溫柔的男人，所以會送妳和鮑麥斯特伯爵一起到另一個世界。」

話題到這裡結束，巨大魔像開始擺出戰鬥架勢。

「泰蕾絲，妳退下。其他王國軍也一樣。」

既然對手是那麼巨大的魔像，就只能先讓無法與其戰鬥的人先離開這個房間。

一般的士兵只會被對手輕易蹂躪，甚至還可能會妨礙我們戰鬥。

「艾爾。」

「抱歉，我可不打算撤退。遙小姐，請妳帶士兵們離開房間。」

「艾爾先生！我也要留下！」

「不，只有被威爾的壞運牽連的犧牲者能參加這場戰鬥。遙小姐這次還不能出席。」

「可是……」

「妳看看我們的陣容，怎麼想都不可能會輸吧。」

「……我知道了。」

身為瑞穗人女性的遙，聽從艾爾的指示讓士兵們撤退。

「艾爾文，我是鮑麥斯特伯爵的護衛，所以要留下來。」

「不，僅限於這場戰鬥，威爾的護衛是我。能麻煩你去幫忙遙小姐嗎？」

「我知道了。就交給艾爾文吧。」

武臣先生也答應和遙一起帶士兵從這個房間撤退。

「泰蕾絲大人，妳也一樣。」

「不，本宮要留下來。」

「可是泰蕾絲大人的劍術……」

她既不是魔法師，劍術也不怎麼厲害。

武臣先生認為讓她留在這裡實在太魯莽了。

「本宮不認為威德林會輸，即使本宮死在這裡，也不會對帝國造成任何影響。而且，本宮也派得上用場。」

泰蕾絲從胸口拿出某樣東西。

仔細一看，那是個魔法袋，她從裡面拿出某個似曾相識的物體，拔掉上面的插栓扔向巨大魔像。

「閉上眼睛！」

就在所有人按照泰蕾絲的指示閉上眼睛的同時，那個物體在巨大魔像面前發出強烈的閃光。那個物體果然是類似閃光手榴彈的東西。

「看來閃光炸裂魔彈有效呢。」

「喔喔——！好刺眼啊——！」

「泰蕾絲！是剝奪視力的武器嗎！」

紐倫貝爾格公爵他們本來想再次使出火箭飛拳，但因為被閃光炸裂魔彈剝奪視力，而暫時陷入混亂。

「居然隱藏了這種王牌。」

「威德林，可不是只有紐倫貝爾格公爵領地有古代魔法文明時代的遺產啊。儘管數量不多，但也有像這樣在菲利浦公爵家代代流傳下來。」

過去菲利浦公爵領地也曾發掘出魔法道具，泰蕾絲持有的魔法袋裡，似乎裝了當中特別貴重又危險的物品。

「為什麼已經不再是當家的泰蕾絲會帶著那些東西？」

「代代的當家，都有義務隱藏裝在這個魔法袋裡的東西。雖然原本應該交給阿爾馮斯，但因為過去從未發生過當家中途換人的狀況，所以我才找不到機會交給他。這是個好機會，就在這裡用掉吧。」

泰蕾絲繼續從魔法袋裡拿出其他東西。

那是個長約一公尺的管子，仔細一看，就會發現那是類似火箭筒的東西。

「本宮聽說這叫『魔導噴進砲』。」

「妳會用嗎？」

「無聊的時候，本宮曾經看過和這個一起被發現的說明書。」

泰蕾絲舉起魔導噴進砲，扣下扳機。

發射出來的噴進彈命中巨大魔像的右手肘，炸斷了右側的火箭手臂。

「威力強大呢。」

「趁現在！」

紐倫貝爾格公爵他們的視力還沒恢復，現在正是好機會。

我、布蘭塔克先生、導師和卡特琳娜詠唱魔法；艾爾和伊娜投擲長槍；薇爾瑪用狙擊魔槍破壞巨大魔像的眼睛。

肢體幾乎全被破壞的巨大魔像，發出劇烈的聲響倒下。

「成功了！」

「不，等一下。」

艾爾在看見巨大魔像變得無法動彈後發出歡呼，但我們這些魔法師都感覺得到。

魔族強大的魔力依然建在，而且正打算採取下一步行動。

「這種程度的攻擊——！是無法打倒大人型機關魔人君的——！過來吧！」

魔族一大喊，巨大魔像就切斷受損的頭部和四肢浮在空中。接著從後方那道巨大魔像出現時破壞的牆壁後方，飛出了新的四肢與其合體。

巨大魔像立刻就恢復原狀。

「天真，實在太天真了——這幾年，吾輩可是拚命在修理這些發掘品呢。」

巨大魔像的零件還有很多，看來只要藏在身體內的魔晶石和魔族的魔力還沒耗盡，巨大魔像就能不斷召喚新的零件復活。

「就某方面而言！這座大人型機關魔人君是無敵的！」

「鮑麥斯特伯爵！這下你總算見識到這座大人型機關魔人君的威力了吧！」

不知何時已經恢復視力的紐倫貝爾格公爵，對我們高聲大笑。

那個樣子簡直就像是壞心眼的最終頭目。

「少騙人了。伯爵大人，只要再打倒它幾次，零件應該就會用光了。」

「我想也是。」

我們也贊同布蘭塔克先生的想法，所有人再次發動攻擊，將巨大魔像打得遍體鱗傷。

然而……

「過來吧——！」

手腳與頭部的零件再次飛過來和巨大魔像合體，讓它恢復原狀。

「威德林先生，要繼續攻擊囉。」

「沒錯，事不過三。」

我們再一次用魔法的集中砲火攻擊巨大魔像。

雖然魔像再次變得破破爛爛，但馬上又有新的四肢飛過來讓它恢復原狀。

「真是沒完沒了。」

「真遺憾啊，鮑麥斯特伯爵！魔族，給他們最後一擊！」

「那麼，重新開始攻擊吧！」

看來紐倫貝爾格公爵對巨大魔像的頑強變得更有自信了。

巨大魔像從雙手射出火箭飛拳，不知何時裝在背上的魔砲也一起發射砲彈。

面對火箭飛拳與砲擊，我們只能不斷防守。

持續展開「魔法障壁」，也讓我們的魔力逐漸減少。

「情況感覺有點不太妙啊？」

「到底還要再破壞幾次，那座巨大魔像才會停止復活啊？」

在抵擋兩發火箭飛拳和魔砲砲擊的同時，我和導師商量接下來的對策。

「泰蕾絲，妳還有什麼祕密武器嗎？」

「如果只看攻擊力，都和魔砲差不多。在那之前，本宮可以先問一件事嗎？」

「妳有什麼疑問嗎？」

「嗯。比起攻擊魔像的本體，直接攻擊後方，破壞它補充零件的機制不是更有效嗎？」

「……就是這個！」

在泰蕾絲提醒我們之前，我們居然都沒發現這麼理所當然的事情。

既然即使破壞魔像本體，也會馬上有新零件飛過來，那不如直接破壞讓零件飛過來的機制還比較有效。

「目標！巨大魔像後方那個會飛出手腳的房間！」

「既然伯爵大人和導師無法攻擊，那就只能靠我們努力了……」

我和導師忙著防禦火箭飛拳和砲擊，所以無法參加攻擊行動。

布蘭塔克先生和卡特琳娜發射大量「火炎球」，露易絲和伊娜投擲灌注魔力的長槍，薇爾瑪使用魔槍，泰蕾絲則是連續發射還有剩下砲彈的魔導噴進砲。

發射出來的魔法和砲彈穿過巨大魔像，從牆上的洞鑽進那面壞掉的牆壁，過不久便發生大爆炸。

「什麼──！合體系統居然被──！」

泰蕾絲的策略是正確的。

沒壞的手腳等零件，應該都被捲入那場爆炸遭到破壞。

「魔族！比起那些東西，更重要的是那個裝置！」

「很可能已經因為那場爆炸故障了。只能說這不是吾輩的錯。」

「那個裝置？」

我嘗試詠唱「飛翔」，結果即使身體浮在空中，我還是沒感覺到頭痛。

隔了將近一年，我又變得能飛了。

「那個裝置的結局，意外地讓人覺得沒勁呢。」

「伯爵大人，趁現在所有人一起發動攻擊。」

「要是再給它機會復活就麻煩了。所有人開始攻擊！」

失去能夠補充損壞零件的系統後，巨大魔像已經無法再復活。

既然如此，就應該趁現在徹底破壞它。

「一口氣上吧！喝啊──！」

導師用魔法強化身體機能後解除「魔法障壁」，直接用雙手抓住火箭飛拳，然後開始像虎頭鉗般用力對火箭飛拳施壓。

導師毫不保留魔力使出的攻擊，讓火箭飛拳開始變形和出現裂痕。

「伊娜！」

「艾爾！」

接著兩人丟出投擲用的長槍。

長槍命中火箭飛拳與巨大魔像連接的部位，讓那裡變形。

這樣手臂就再也無法和火箭飛拳結合了。

「接下來輪到我。」

取回「飛翔」的露易絲，像個雜耍藝人般降落在被我用「魔法障壁」固定的火箭飛拳上，由上往下揮出包含魔力的一擊。

最後的火箭飛拳化為碎片落下。

「伯爵大人！要上囉！」

「好的！」

確認火箭飛拳已經被完全破壞後，我和布蘭塔克先生衝向巨大魔像。

雖然魔砲的攻擊仍在持續，但卡特琳娜操縱壓縮到極限的「風刃」，讓「風刃」繞到魔像後方，將魔砲從魔像背後砍下來。

「幸好我有按照師傅的吩咐，加強對魔法的控制。」

因為被切斷而無法補充魔力的魔砲掉落地面，就這樣失去反應。

「魔族！快想點辦法！」

「這就是俗稱的大——危——機——！」

「我宰了你喔！」

「吵死了，真難看，這樣根本就構不成團隊合作。發射。」

雖然能聽見紐倫貝爾格公爵慌張的怒吼聲，但薇爾瑪用狙擊魔槍射穿巨大魔像的雙眼，徹底剝奪他們的視力。

「這時候只能靠吾輩的魔法……唔呃！」

「魔族！怎麼了！」

「身體無法自由行動。全身都起水泡，意識也開始變得模糊。」

「為什麼會這樣？是鮑麥斯特伯爵的魔法？」

「很遺憾，不是我喔。」

「是我做的。」

艾莉絲靜靜地壓抑魔族的暗魔法，同時也伺機對魔族發動反擊。

魔族也是生物，所以和人類一樣能利用治癒魔法恢復，艾莉絲活用了這個特性，一點一點地反覆對魔族施展治癒魔法。不管是什麼樣的治癒魔法，在間隔這麼短的情況下持續施展，反而會對身體造成危害。

艾莉絲成功達成了遠距離瞄準魔族，讓高濃度的治癒魔法滲透他身體的偉業。

「一旦陷入過度治癒狀態，就會出現皮膚長水泡、心跳加速、呼吸困難、暈眩和對精神造成負面影響等症狀。如果就這樣放著不管……」

艾莉絲表示在最壞的情況下，甚至可能會死亡。

「咦？之前好像有提過我的治癒魔法效果太強……」

「如果只是必要量的數倍到數十倍，還不會產生影響。必須施展到必要量的數百倍以上。」

「這還真是出乎意料。」

巨大魔像用來交換損壞部位的系統被破壞，自己也因為過度治癒的副作用而狀況不佳。

這讓魔族變得相當衰弱。

現在正是給他致命一擊的最好機會。

「布蘭塔克先生！」

「喔！」

我和一直保留魔力的布蘭塔克先生，一起衝向巨大魔像。

「別讓他們靠近！」

「你使喚魔族的方式也太亂來了。」

明明正苦於過度治癒的後遺症，但真不愧是魔族。

他使用強大的魔力，展開如暴風般的「風刃」。

「我在這裡就是為了這個！」

不過全都被布蘭塔克先生展開的「魔法障壁」擋下。

「伯爵大人，那個巨大魔像的身體部分似乎非常堅固，你打算怎麼辦？」

我藉由布蘭塔克先生展開的「魔法障壁」繼續前進，同時思考該用什麼魔法剝奪那座巨大魔像的戰鬥能力。姑且不論肢體部分，之前不管再怎麼攻擊，都無法對駕駛艙所在的本體造成任何損傷。

「如果用遠距離魔法……」

威力太低，無法對巨大魔像的身體部位造成傷害。

那麼該怎麼辦才好？

答案在之前與師傅戰鬥時，就已經揭曉了。

「不是放出龐大的魔力，而是集中在一處……不對，應該說集中在『一刀』上面……」

我拿出師傅留給我的魔法劍劍柄，往裡面注入比以前都還要龐大的魔力。

不過我盡可能將實體化的劍身做得細一點，長度也只維持在最低限度，因為是要用來砍巨大魔像，所以還是不能太短。

是我的想像有問題嗎？從劍柄延伸出類似日本刀的紅色劍刃。

既然是紅色，那應該是火系統，但看起來又不像是火。

大概是因為將劍身壓縮到了極限吧。

「就用這個燒斷它。」

我用「飛翔」飛到巨大魔像面前，一口氣揮下火炎的劍身。

「這個巨大魔像的身體，可是用『極限鋼』和祕銀合金做成的複合式裝甲，即使是鮑麥斯特伯爵，也不可能砍斷……什麼！」

紐倫貝爾格公爵發出驚訝的聲音。

這是因為巨大魔像的身體已經被我劈開，變得能夠從裂縫看見紐倫貝爾格公爵的身影，不過似乎還是無法乾脆地一刀兩斷。

明明灌注了那麼多魔力，卻只能劈開巨大魔像前方的裝甲。

「再來一次……」

我本來想這麼做，但因為消耗的魔力超出預期，讓感到暈眩的我當場癱坐在地。

「伯爵大人！」

「布蘭塔克先生，接下來……」

「以我的魔力量，可能連造成擦傷都辦不到。導師！」

「在下也沒辦法！在入侵這裡之前，以及和巨大魔像的手戰鬥過後，耗費了比想像中還多的魔力。」

「卡特琳娜姑娘呢？」

「即使用光我剩下的魔力，也無法做出像威德林先生那樣的劍身。」

「什麼——！」

一連串的戰鬥，讓所有魔法師的魔力量都所剩無幾。

「這下麻煩了……」

巨大魔像尚未完全停止活動。

如果不快點給它致命的一擊，或許會有敵人的援軍過來，我開始思考要怎麼做才能破壞巨大魔像。

然而一個出乎意料的人物，解決了我的煩惱。

「威爾！讓我來吧！」

「艾爾？」

「等一下！你不會用魔法吧！」

考慮到對手的性質，布蘭塔克先生連忙阻止至今都沒什麼機會攻擊的艾爾。

「我有這個啊！露易絲！」

「原來如此！」

艾爾無視我們的阻止，讓露易絲把自己扔向巨大魔像。

他拿在手上的是……

「威爾！那是魔刀！」

「是跟遙借的嗎！」

被利用魔力強化過的露易絲扔出去後，艾爾朝剛才被我打出裂縫的魔像身體揮出精確一擊。

之後，艾爾著地並將魔刀收進刀鞘，從外觀來看，巨大魔像不像是有被砍到的樣子。

「艾爾，一點變化也沒有耶？」

「放心吧，我已經將那座巨大魔像砍成兩半了。」

艾爾靜靜地回答，接著巨大魔像真的開始從中裂成兩半崩壞。

看來破壞到這種程度後，就無法繼續浮在空中了。

巨大魔像掉落地面發出巨響，變成單純的殘骸停止活動。

「所以我不是說已經把它砍成兩半了嗎？」

「喔喔！好厲害！」

「唉，其實那座巨大魔像早就已經被威爾你們打得差不多快壞了。」

即使如此，能在最後的最後打倒最終頭目，還是艾爾的功勞。

「威德林，得去確認那兩人的狀況才行。」

「說得也是。」

在泰蕾絲的提醒下，我立刻衝向那堆魔像的殘骸，尋找駕駛魔像的紐倫貝爾格公爵和魔族。我首先發現因為右手和右腳被砍斷，而大量出血的紐倫貝爾格公爵。看來他似乎是被捲入了我和艾爾的斬擊。

儘管勉強還留有意識，但從傷勢和出血量來看，應該是回天乏術了。

「親愛的，我還能使用『奇蹟之光』……」

對了，只有艾莉絲的「奇蹟之光」是例外。

雖然她問我要不要使用，但紐倫貝爾格公爵搶先回答：

「別這時候才對我展露半吊子的同情。就算用魔法治好，之後還是會被那個笨皇帝的三男判死刑。與其那樣，不如讓我在這裡悽慘地死去。」

「呃……可是……」

對瀕死的人置之不理產生的罪惡感，以及將他活捉交給彼得的想法，讓我產生了動搖，此時泰蕾絲開口：

「沒錯。就讓他死在這裡吧。叛亂主謀的首級應該會被掛在帝都展示。不管是從屍體上砍下來，還是之後再活生生地砍下來都一樣。」

「這話還真符合泰蕾絲的作風，但我姑且向妳致謝。」

我遵從泰蕾絲的意見，決定讓紐倫貝爾格公爵就這樣死去。

「果然還是輸啦。從一開始沒能在帝都殺掉泰蕾絲……以及聽說救了妳的人是鮑麥斯特伯爵時，我就有預感事情會變成這樣。」

紐倫貝爾格公爵的語氣聽起來一如往常，但還是因手腳的傷勢和大量出血露出痛苦的表情。

「至少讓您毫無痛苦地死去吧。」

艾莉絲見狀，緊急替紐倫貝爾格公爵進行止血。

雖然如果不填補失去的血液，還是馬上會死，但應該能消除傷口的疼痛。

「感謝。真不愧是聖女……居然對敵人如此親切。我真羨慕鮑麥斯特伯爵。」

「嗯。」

我不曉得這時候該怎麼回答，只好普通地應了一聲。

「包含妻子的部分在內，我實在是很羨慕鮑麥斯特伯爵。」

「我嗎？」

我到底有什麼地方值得紐倫貝爾格公爵羨慕？

「我小時候也很想成為冒險者呢……對吧，泰蕾絲。」

紐倫貝爾格公爵向一旁的泰蕾絲搭話。

「你小時候還會和本宮一起玩扮演冒險者的遊戲呢。」

「那時候真開心……泰蕾絲也會扮演女劍士的角色……」

紐倫貝爾格公爵應該正在回憶小時候和泰蕾絲一起扮演冒險者的場景吧。

「不過我是紐倫貝爾格公爵，泰蕾絲最後也當上了菲利浦公爵。儘管周圍的人都羨慕不已，但對我們來說，這根本是血統的詛咒。」

「沒錯，因為就算是撕裂了嘴，也不能說出『不想繼承』，更不能找任何人商量。」

「雖然紐倫貝爾格公爵家擁有一千兩百年的歷史……但那並非我自己創設的成果，所以現在也不覺得感慨。」

能力出眾的紐倫貝爾格公爵，在就任公爵後成為優秀的執政者，在帝國中樞也被視為軍事天才，眾人都期待他將來能夠率領帝國軍。

即使被當成才華洋溢的年輕人受到期待，但那並非本人的期望。

所以他的內心才會逐漸被黑暗籠罩嗎？

「優秀的領主，將來備受矚目的將軍大人。雖然周圍的人都對我稱羨不已，但我一點都不覺得高興……所以我才會產生這樣的想法——不如用這個能力與地位做點大膽的事情……」

既然要做，不如乾脆奪取帝國和滅亡王國，統一整個大陸。他最後決定挑戰這個魯莽的夢想。

「只要抱著這樣的想法行動，就能稍微忘記空虛。我才不管會造成多少犧牲者。只要戰勝，就算是我這個虐殺者也能獲得讚揚。即使輸了，也只是替我原本就不希望擁有的人生劃下句點。」

「……」

沒有人責備紐倫貝爾格公爵。因為即使這麼做，這個男人也不會有任何感覺。

「我將悽慘地死去。泰蕾絲有什麼打算？」

「本宮要離開這個國家。雖然彼得殿下應該不會加害本宮，但如果有人想擁立本宮上臺，之後就難說了。」

「這樣啊……妳打算自己一個人自由地生活嗎？」

「雖然無法像平民那麼自由，但應該還是遠比菲利浦公爵時代自由吧。」

泰蕾絲笑著回答紐倫貝爾格公爵，後者瞬間露出羨慕的表情。

「泰蕾絲自由生活的樣子，應該很值得一看吧……幾十年後，再於那個世界相會吧……」

「嗯，再見了，馬克斯。」

說到這裡，紐倫貝爾格公爵靜靜地閉上眼睛。

雖然他用盡最後的力氣裝出沒事的樣子說話，但還是到了極限。

「他已經去世了。」

艾莉絲確認完紐倫貝爾格公爵的呼吸和脈搏後，宣告他的死訊。

「自由啊……真是個笨蛋……」

泰蕾絲抬起頭，輕聲說道。大概是認為如果不這麼做，就會被我們發現她在哭吧。

「如果這麼討厭紐倫貝爾格公爵的地位，就自己辭退啊……不，本宮自己也做不到，所以沒資格指責馬克斯呢……不過，難道就沒有其他的選項嗎？你真是個笨蛋。」

泰蕾絲努力抬起頭，不讓眼淚流下來。

「大概是個性太認真了吧。」

至今一直默默聽著兩人對話的布蘭塔克先生，輕聲說出自己的想法。

「關於那個魔族，紐倫貝爾格公爵也只是想將他納入自己的控制，收集技術和情報吧。他看起來實在不像是投靠了魔族。」

「即使對手是魔族，在下也不認為這個男人會落於下風！」

大家都同意導師的意見。

「說得也是……該回收紐倫貝爾格公爵的遺體了。我們還要其他工作要做呢。」
因為不能一直沉浸在感傷之中，伊娜催促大家行動。
雖然之前的裝置已經損壞，但尚未徹底被破壞。
除此之外，房間裡面可能還隱藏了大量的發掘品。這些也必須盡可能回收或破壞。
「的確。難保彼得殿下獲得這些武器後，不會突然發狂。人真的是種難以理解的生物……」
戰鬥已經結束，艾爾去呼叫在外面待命的士兵，命令他們拿擔架過來搬運紐倫貝爾格公爵的遺體。
「到頭來，我還是無法理解紐倫貝爾格公爵的想法。」
從我的角度來看，如果真的那麼不想繼承家門，只要離家出走就好了。
或許因為我前世也只是個平民，所以才會產生這種想法。
「雖然其他人可能會這麼想，但本宮直到被彼得殿下和威德林拉下臺之前，都無法放棄當菲利浦公爵。馬克斯則是到死都是紐倫貝爾格公爵。所以這也只能說是無可奈何的事。」
「原來如此……」
雖然總算成功討伐萬惡的根源紐倫貝爾格公爵，但我還是無法坦率地高興。
作為大貴族家的當家……
他讓我思考了不少事情。

角色設定
草稿
Character rough

艾梅拉

角色設定草稿

Character rough

彼得

角色設定
草稿
Character rough

馬克

國家圖書館出版品預行編目(CIP)資料

八男?別鬧了! / Y.A作 ; 李文軒譯. -- 初版. -- 臺北市 : 臺灣角川, 2018.03-
冊 ; 公分
譯自 : 八男って、それはないでしょう!
ISBN 978-957-564-082-8(第10冊 : 平裝)

861.57 107000212

Kadokawa
Fantastic
Novels

八男？別鬧了！ 10

（原著名：八男って、それはないでしょう！10）

2018年3月7日　初版第1刷發行

作　　者：Y・A
插　　畫：藤ちょこ
譯　　者：李文軒

發 行 人：成田聖
總　　監：黃珮君
總 編 輯：蔡佩芬
編　　輯：黎夢萍
美術設計：黃永漢
印　　務：李明修（主任）、黎宇凡、潘尚琪

發 行 所：台灣角川股份有限公司
地　　址：105台北市光復北路11巷44號5樓
電　　話：（02）2747-2433
傳　　真：（02）2747-2558
網　　址：http://www.kadokawa.com.tw
劃撥帳戶：台灣角川股份有限公司
劃撥帳號：19487412
法律顧問：寰瀛法律事務所
製　　版：巨茂科技印刷有限公司
ISBN：978-957-564-082-8

香港代理：香港角川有限公司
地　　址：香港新界葵涌興芳路223號
　　　　　新都會廣場第2座17樓 1701-02A室
電　　話：（852）3653-2888